消えた家政婦は愛し子を想う

アビー・グリーン 作
飯塚あい 訳

ハーレクイン・ロマンス
東京・ロンドン・トロント・パリ・ニューヨーク・アムステルダム
ハンブルク・ストックホルム・ミラノ・シドニー・マドリッド・ワルシャワ
ブダペスト・リオデジャネイロ・ルクセンブルク・フリブール・ムンバイ

THE HEIR DILEMMA

by Abby Green

Published by Harlequin Japan, a Division of K.K. HarperCollins Japan, 2025

アビー・グリーン

ロンドンに生まれ、幼少時にアイルランドに移住。10代のころに祖母の愛読していたハーレクインのロマンス小説に夢中になり、宿題を早急に片づけて読書する時間を捻出していた。短編映画のアシスタント・ディレクターという職を得るが、多忙な毎日の中でもハーレクインの小説への熱はますます募り、ある日辞職して、小説を書きはじめた。

主要登場人物

セイディ・ライアン……美容師。
クイン・ホルト……起業家。億万長者。
ソル……セイディとクインの息子。
アルマディ……組織犯罪グループのボス。

1

クインターノ・ホルトは目の前の光景を眺めた。マンハッタンを代表するホテルの屋上で、きらびやかなパーティーが開かれている。ニューヨーク社交界でもっとも権力と影響力を持つ魅力的な人々を、燃えるランタンやゆらめくキャンドルの光が照らす。黒と白の服を着たウエイターたちが、群衆の間を流れるように動き回り、選《え》りすぐりの飲み物やカナッペを提供する。澄みきった夜空には満月が低く浮かび、空気はさわやかだ。すべてにおいて、とても高級で落ち着いた雰囲気に感じられる。

誰もクインの到着に気づかないうちに、自分だけの時間を満喫した。今夜は長年の仕事の集大成で、

満足感に浸った。彼はその日の早い時間に、自分のテクノロジー企業を上場させ、天文学的な金額を手にしたのだ。これは、彼が自分の力で成功でき、家族の金など必要としなかったという、消えることのない証拠を祝う日だった。

五年以上前、父親とは血のつながりがないと知ったクインは相続権を手放し、世間の注目を集めた。彼の本当の父親は、名もなき男でしかなかった。屋敷のプールボーイかもしれないし、ブラジル人の母親のパーソナルトレーナーかもしれない。

クインを育てた男は、彼が家を出ていくのを必死に止めようとしたわけではなかった。クインが財産を手に入れたり、家業に携わったりするつもりがないという知らせを、男は肩をすくめただけで無関心に受け止めた。それがふたりの関係をほぼ要約していたといっていい。

クインがこの世で軽蔑しているのはふたりだけで、

そのうちのひとりは母親だ。クインの心の奥底には彼女に捨てられたという傷があり、彼はずっとそのことで自分を責めていた。もちろん、幼い子どもが母親を家から追い出すことはできないとわかっていたが、捨てられたトラウマのせいでそう信じて育ってきたのだ。

しかし、いまこの輝かしい瞬間に、クインと兄を振り返らずに去っていった母親の有害な記憶を持ちこむつもりはなかった。

クインはすべての歓迎されない考えをシャットアウトし、視線を女性たちの上にさまよわせた。ブロンド、ブルネット、漆黒の髪、赤毛。どの女性も、驚くほど美しい。全員が甘美な曲線を見せつけるドレスに身を包んでいる。

誰もが魅力的で、クインは誘惑に乗るべきだとわかっていた。あれから何年も経《た》っているのだから。あれから――クインは首を左右に振った。思い出してはいけない。その記憶は、母親との思い出を遥《はる》かに超えるレベルの毒となってしまう。

問題は、彼が誰からの誘惑に対しても、少しも心が動かないということだ。どんなに美しい女性でも、興味をそそる相手はひとりもいなかった。

絶望感がこみ上げてきた。彼女が、クインをすべての女性から遠ざけてしまったのだ。彼は赤毛の女性に目を留めた。彼女にまったく似ていない女性だ。彼は、あの女性を魅力的だと思いこもうと、完璧に引きしまった曲線に注目した。マンハッタンに多くある、おしゃれなジムで鍛えたに違いない。しかしそれは、彼に別の体を思い出させただけだった。同じようにスリムで引きしまっているものの、サーフインやジョギングなどで鍛えられた体だ。

彼女はまた、必要な場所は柔らかく、さらに別の必要な場所はふっくらしていた。彼女の胸がクインの手におさまった様子は、まるで彼のために特別に作られたかのようだった。そして、彼女の胸の先端に舌で触れた感触や、彼女が脚を広げて懇願する様子を、まるで昨日のことのように思い出せた。

クインは小さく悪態をついた。彼女を地獄に叩《たた》き落としてやりたい。けれど、もうそろそろ過去とは決別し、自分の人生を前進させるときだろう。

パーティー会場のほうへ一歩踏み出そうとしたとき、首の後ろの毛が逆立った。懐かしい香りが鼻孔をくすぐった。薔薇《ばら》と柑橘系《かんきつけい》——そんな香りをまとう女性はひとりしかいない。

クインの全身が緊張した。いや、このまま彼女に悩まされつづけるわけにはいかない。過去は過去のものとして本来あるべき場所へと押しやる決心をしたクインは、一歩前に踏み出した。

そのとき、背後から彼の名前を呼ぶ声が聞こえた。とても小さな声で、クインは自分がそれを聞いたのかどうかさえわからなかった。彼は前進しつづけようとする本能に逆らって立ち止まった。すると、その声はふたたび聞こえてきた。

「クイン」

ゆっくりと振り返った彼の視線は、ひとりの女性に注がれた。彼女だ。母親以外で、彼がこの世で唯一軽蔑する人物。しかし、彼の最初の本能的な反応は嫌悪感や拒絶ではなく、むしろ安堵《あんど》に近い感情であり、彼女を引き寄せて触れたいという、抑えきれないほどの欲求だった。彼女が本物なのかどうか、自分自身の手で感じたくてたまらなくなる。

いいや、冗談じゃない。

クインはこの女性を心底憎んでいる。彼が感じていたのは安堵などではない。純粋な怒りと嫌悪だ。そう思いながらも、彼の胸中にうずまく感情は、そう簡単に分類できるものではなかった。

彼女の見た目には以前と違う部分がある。体と脳に響く衝撃を通して、彼は漠然と気がついた。彼女の髪は以前より明るくなっていた。肩よりも長いストロベリーブロンドはウエーブしているものの、スタイリングされていない。

だが、透き通るような白い肌に、頬にはそばかす。アクアマリンのような澄んだブルーグリーンの瞳は痛いほど見覚えがある。それに、長いまつ毛にまっすぐな鼻、大きな口とふっくらとした下唇は、初めて彼女を見た瞬間に、思わずキスしたくなったほどだ。

平均よりやや高い身長の彼女だが、クインはそれよりも三十センチ背が高く、そんなふたりの身長差を彼女は好んでいた。

彼女は肩紐《かたひも》のない、シンプルな黒のイブニングドレスを着ていた。優美な鎖骨とほっそりとした腕を見せている。きらびやかなアクセサリーはなし。メイクも最小限。その控えめだがセクシーな姿にアドレナリンが出たのか、彼はショックによるトランス状態から目覚めた。だが、すぐにそれはアドレナリンではないと気がついた。欲望だ。

「セイディ・ライアン……」自分が彼女の名前を口に出していることも、四年経ったいまでも欲望をよみがえらせる力があることも信じられず、クインは息をついた。

彼女こそ、彼を信頼させ、最悪のかたちで裏切った女性だ。彼女を愛していた。いや、彼はいま自分に言い聞かせた。それは決して愛ではなかった。欲望だ。それだけのことだった。

彼はまばたきをして彼女が消えるよう願ったが、消えなかった。彼女はあまりにもリアルだ。「ここでいったい何をしているんだ?」

セイディ・ライアンはクイン・ホルトを見上げ、彼の前に立っていることが信じられずにいた。全身から血の気が引き、パーティーの音楽も人々のおしゃべりもかき消された。

セイディの記憶どおり、クインはとてもすてきだった。短いダークブロンドに茶色の瞳。無精ひげを生やした顎。古典的なハンサムだが、エッジが効いていて、ゴージャスそのものだ。全身からにじみ出るカリスマ性は、まるで純粋で生々しいセックスアピールのように感じられる。

初めて彼を見たときの記憶が頭のなかにフラッシュバックし、過去と現在がまざり合った。ブラジルの小さなビーチハウスにあるポーチの木の柱に寄りかかり、彼はビールを飲んでいた。短パンだけを身につけ、とてもゴージャスだった。そして、まるで彼女の視線を感じたかのように彼がこちらを見返した瞬間、ふたりの間に電気が走るのを感じた。

セイディは無理やり、心を現在に引き戻した。いまさら思い出に浸るわけにはいかない。緊張で口のなかが乾いていた。唾を飲みこもうとし、唇を舐《な》めようとしたが、舌も口も動かなかった。長い間この瞬間を夢見ていたため、現実とは思えなかった。

「もういちど訊《き》くが、ここで何をしているんだ？」

クインの質問が感情を切り裂いた。セイディには彼が怒っているように見えた。いや、激怒している。彼の顎がこわばるのを見て、四年前、彼女が激しい痛みに襲われて病院にいたときにスタッフと話していた彼の顎が、いまと同じようにこわばっていたのを思い出した。

過去のイメージや記憶に溺れそうになりながらも、彼女はいまこの瞬間に集中した。クインと再会したときに言うことは決めていた。〝わたしに会って驚いたわよね〟そう言うつもりだった。けれど、セイディの口から感情的に飛び出したのは違う言葉だった。「あなたに会えて、とても嬉《うれ》しいわ」

クインは顔をしかめた。セイディは、彼の力強い体にダークスーツがフィットしているのを見た。彼がこんなにフォーマルな服を着ているのを見たことがなかった。かつての彼は、Tシャツに色あせたジーンズか短パンだけで過ごすことが多かった。あるいは裸だった。その記憶に、彼女の体は熱くなった。「ぼくに会えてとても嬉しいだって？」クインの声には、聞いた言葉を信じられないといった響きがある。「これは何かの冗談か？」

セイディは首を左右に振った。彼女は自分の甘さを呪った。もちろん、クインが彼女に会って大喜びするはずがない。彼女はなんの説明もなく、忽然《こつぜん》と姿を消したのだ。そう、彼を残して。

「きみはこのパーティーに招待されていない。帰ってくれ」

目の前の男性から放たれる敵意に、セイディは身震いした。「最近、何度か電話したの。番号が変わったのか、それともブロックされたのか……」

「きみが消えたあとも、ぼくは同じ番号を一年間は使っていた。しかし、きみがかけてくることはなかったから、その番号を持ちつづける意味はなかった」クインは少し黙ったあと、きっぱりと言った。「きみはここで歓迎されていない。出ていくんだ」

「確かにわたしは招待されていないけど、あなたがここに来る予定だと報道で見たから、チャンスだと思ったの。受付であなたを知っていると言ったら、入れてもらえたのよ」

クインは彼女を見つめているものの、その目にはまったく温かみがなかった。「きみはずっと前から、ぼくのことを知っていたんだな」

セイディはすくみ上がった。彼はまるで見知らぬ人のようにこちらを見ているが、彼女はそれを責められないとわかっていた。

この四年間はまるで一生のように感じられた。一時間一時間が拷問のように過ぎていった。毎日が彼女の心と魂を少しずつ奪い、粉々に砕いていった。

ほんの数週間前、ふたたび生きられるというすばらしい知らせを受けるまでは。

「こんなふうに現れるなんて、いい度胸をしているな。何が望みだ？」

「話があるの」

「何を話すつもりだ。きみがなんの説明もなく、跡形もなく消えたことについてか？」クインは少し考えるふりをし、セイディは自分の心に刻みこまれた言葉を彼に言わないでほしいと懇願したかった。しかし遅すぎた。彼は辛辣な口調でそれを言い放った。「ああ、そうだ。確か〝どうか信じてほしい。去りたくないけど、そうしなければならない〟とだけ、きみは走り書きを残していたな」

彼が走り書きの一部を省略したことは、ささやかな慰めだった。たぶん彼は、彼女が〝愛している〟と書いた部分を思い出したくなかったのかもしれない。あるいは、彼女がここにいる別の理由を考えたくなかったのだろう。

「クイン」セイディは追い出される前に、彼になんとか訴えようとした。「話をする必要があるの。お願いよ」

「話すことなんてない」彼はきっぱりと言った。「いますぐ出ていかないと、警備員を呼ぶぞ」

パニックがセイディを襲った。彼が無情にも彼女を路上に放り出すかもしれない、会わせてもらえないかもしれないと思うだけで、手足から力が抜けた。けれどセイディは、クインの激しい怒りや、彼女の存在に対する明らかな拒絶に直面しても、無理やり背筋を伸ばした。「わたしはどこにも行かないわ。息子に会いたくてここに来たの。わたしたちの息子よ、クイン。ソルに会わせて」

2

　クインはいまだに、セイディが自分の前に立っていることが信じられなかった。しかも、息子の名前を口にした。それは冒涜《ぼうとく》でしかない。相手は、生後数日の赤ん坊を捨てて出ていった女だ。彼らの息子。いや、彼の息子を。彼女は冷酷にも、母親である権利を放棄したのだ。

　そんなことが起こるかもしれないと、もっと前に気づくべきだった。彼の世界では、母親は大混乱を引き起こすだけなのだから。息子を彼女から守りたいという気持ちが抑えきれなかった。「どうして彼の名前を口にするんだ、きみにそんな権利はない」

　セイディは薄明かりのなかで顔を青ざめさせ、目を大きく見開いた。海の色だ。かつて彼は、彼女のその瞳に溺れたものだ。初めて会ったとき、彼は長い間、彼女に惹《ひ》かれまいと闘った。幼いころに母親に捨てられて以来、彼は誰も信用することができなかったからだ。しかし、日に日に、彼はセイディの魔法に深く深くかかっていき、ある日、目が覚めたとき、彼女のためなら命を捨てても構わないと悟った。彼女は彼の世界となったのだ。

　彼女が妊娠したと告げたのはそのときだった。同時に、圧倒的な喜びと希望の波が彼に押し寄せてきた。彼は、物事を違う方法で進めるチャンスを与えられたのだ――脚本を変えるチャンスを。無邪気にも彼は、我が子を愛してやまない母親を目の当たりにするのを楽しみにしていた。彼は自分の父親から受けた無関心ではなく、我が子に愛とサポートを示せると喜んだ。

　クインは信じられないほどの特権を持って育った。

金で買えるものはなんでもあったが、本当に価値のあるものは何もなかった。彼は自分の道を切り開くことでその価値を学んだ。そして、それを自分の子どもに受け継がせることができるという考えは、信じられないほどに精神を浄化した。

生まれてくる子どもや互いに対する夢を夜遅くまで語り合い、ふたりともとても幸せだったはずだ。そして、セイディが妊娠七カ月のとき、ふたりはビーチでシンプルな結婚式を挙げたのだ。

「わたしには権利があるわ。母親なんだから」

セイディの声は、あまりにも鮮明な過去の記憶からクインを引き戻した。四年前の彼女の憎むべき行動にもかかわらず、実の母親として、彼女には息子に会う権利があると知っていた。しかし、息子が生まれて数日後、振り返ることなく彼らの生活から立ち去った彼女を、法が好意的に評価するとは思えなかった。

「何が望みだ、セイディ？」

「息子に会って、彼の母親になりたいの」

クインに怒りがこみ上げた。「きみは息子の母親になるのに四年もかかった。なぜ、いまなんだ」

そのとき、あることが頭に浮かび、嫌悪感で身が凍るような思いがした。かつて彼は、この女性のことを自分と同じくらいよく知っていると思っていたが、なんと無知だったのだろう。

彼女が口を開こうとしたが、彼は手を上げて制した。「何も言う必要はない。きみのタイミングがすべてを物語っている」

「わたしのタイミングですって？」

セイディは本当に困惑しているように見えた。クインは笑いそうになった。彼女の演技力は本当に見事だったからだ。

「ぼくの会社が株式市場に上場して何百万ドルもの利益を上げた日に、きみがぼくの人生にふたたび現れたのは偶然だとでもいうのか？」実際には数十億ドルの利益だったが、彼女に言う必要はない。

彼女は首を横に振った。「ええ、偶然よ。あなたに連絡する方法を見つけようとしていたら、ニュース記事であなたの成功について読んだの。だから、あなたの成功には興味ないわ」彼女は言葉を止め、かすれた声で続けた。「興味があるのは、あなたが達成しようとしていたことすべてを成し遂げたという事実よ。すばらしいわ、クイン」

不意打ちのような彼女の言葉に、彼の胸は締めつけられた。彼はこの女性に、自分の希望や夢、野望をすべて打ち明けた。兄にさえも話していなかったというのに。セイディのオープンで愛情深い性格にどうしようもなく魅了され、彼女が自分の世界を引き裂く存在になるとは一瞬たりとも思っていなかったからだ。

愚かにも、かつての彼は、この成功の瞬間を彼女と共有することを想像していたが、いまではその勝利がどこか空虚に感じられた。まるで彼女を信頼していたことが、夢のすべてを無効にしてしまったかのようだ。

「きみはただ、息子に会いに来ただけだと言うんだな。それなら、ぼくの弁護士の連絡先を教えるから、今後は、適切な法的手段で連絡してくれ」

セイディは血の気が引いていくのを感じ、一瞬めまいがした。きっと彼女の体は、よろめくか何かしたのだろう。クインが大丈夫かどうかを訊《き》いているからだ。けれど、彼の声音は心配しているようには聞こえなかった。むしろ苛立《いらだ》っているようだ。

「大丈夫よ」セイディは答えた。彼に弱みを見せるつもりはない。たとえ食事をしてから何時間も経《た》っていたとしても、緊張しすぎていたとしてもだ。それに、前日にイギリスからニューヨークに到着して以来、あまり眠っていなかったとしても。

クインにアピールするために、彼女は強くなる必要があるのだ。「わたしには息子に会うために弁護士を雇う資金がないの。わたしはただ息子に会い、一緒の時間を過ごしたいだけよ」

「それからどうするんだ。また跡形もなく消えるのか？　前回きみが去ったときのよかった点は、彼がまだ生後数日だったことだ。しかし、彼はいま四歳で、とても賢い。彼はあらゆることに、あらゆる人に気づくだろう」

彼がソルについて語った言葉に、セイディの胸に感情がこみ上げ、抑えきれない涙が目からあふれそうになった。息子についての彼女の知識は、何年にもわたって撮られたクインとソルのごくわずかなパパラッチ写真にかぎられており、ふたりを残して去ったことに対する彼女の痛みと孤独感は、それらを見るたびに増していた。

伝説的な億万長者で業界の巨匠ノア・ホルトの息子であるクインターノ・ホルトがシングルファーザーだと明らかになったとき、社交欄は熱狂し、クインがこの数年間どこにいたのか、どうやってシングルファーザーになったのかを憶測した。

セイディはクインの父親のことを知らなかった。ゴシップサイトによれば、生物学上の父親ではないらしい。それに、クインに兄がいることも、彼がアメリカ建国の際に尽力した、非常に恵まれた家柄出身であることも知らなかった。

クインは自分の人生について多くを語らず、家族とあまり親しくしていないとだけ話していた。セイディは彼がそのことを話したがらないのを察知し、無理強いしなかった。結局のところ、彼女は自分自身の過去でさえ、彼と出会ったころには数日分しか知らなかったのだから。

しかし、いまはそんなことにこだわっている場合ではなかった。彼女は感情を押し殺して言った。

「わたしは、もう二度とどこにも行かない。ソルの母親になるためにここにいるの」

けれど、その考えは彼女を怖がらせた。クインとソルの安全のためには去るしか選択肢がないと知ったとき、彼女は母親になってほんの数日しか経っていなかったのだから。

クインは鼻を鳴らした。「きみのこれまでの行動からすると、その望みはかないそうもないな」

どうにかしてクインを説得する必要があった。真実を伝えることだけが、説得できる唯一の方法だろう。しかし彼女は、説明を聞いた彼が大笑いするのが想像できた。証明するのは簡単だとしても、きっと信じてくれないだろう。

「わたしが去った理由を説明するチャンスをちょうだい、クイン。お願いだから」彼女は懇願した。

しかし、クインは手を上げてセイディの言葉を止めると、ジャケットの内ポケットからスマートフォンを取り出し、誰かに電話をかけた。彼がわずかに顔を背けた仕草が、彼女に隠し事をするように感じられて傷ついた。ふたりが一緒にいたとき、彼は決して彼女に何かを隠すことはなかった。

もっとも、それは真実ではなかったが。クインは彼女に多くのことを隠していた。とくに、彼の家族の歴史について。彼と知り合って一年の間、彼女は彼が技術オタクのサーファーにすぎず、旅行したりリモートで仕事をしたりする人間だと思っていた。

セイディが、自分について隠していたことを考えると、道徳的に優位に立てるわけではない。でもいまは、彼の信頼を得なければならないのだ。

セイディは彼がポルトガル語を話していることに気づいた。ブラジルのポルトガル語、とくにブラジルのサンパウロの東にあるサーフィンのできる小さなビーチタウンに住んでいたときよりも、いまの彼はずっと流暢《りゅうちょう》に話している。当時のふたりともに、そんな場所にいる理由があったのは明らかだ。ただ、当時の彼女がその理由を忘れたのは、サーフィンの最中に頭に怪我《けが》をしたせいだった。クインが彼女を海から引き上げ、命を救ってくれたのだ。

クインと一緒にいた約一年間、彼女は人生を変えるほどの情熱的な関係のなかで、本当の自分をまったく思い出せなかった。怪我をしたあと、彼女は信じられないほど無力になったが、彼は彼女の面倒を見、見返りを求めないことで信頼を勝ち取った。そして、それから数日、数週間を経て、ふたりの絆《きずな》は無視できないほど強くなり、ついに恋人になった。

どういうわけか、自分が誰かということや、過去について何も思い出せないという事実はまったく考えなかった。ふたりは夢のような時間のなかで、お互いに夢中になっていった。クインにも何か過去があったに違いないだろうことも、気にならなかった。

セイディが記憶を取り戻したのは、ソルの誕生後だった。そして、運命的な脱出につながったのだ。それは彼女が人生で経験したなかでもっとも困難なことであり、もっとも苦痛なことだった。

クインは通話を終えてこちらを見た。セイディはふたたび懇願するために口を開いた。「お願いよ、クイン――」

けれど、彼は彼女をさえぎった。「きみが自分の赤ん坊を振り返ることなく立ち去った理由としてどんな話をでっち上げたか、いまは聞いている暇はない。ぼくはブラジルに戻る」

決して振り返ることなく立ち去ったわけではない。あの日以来、毎日が拷問のように感じられた。そんな果てしない日々を乗りきれたのは、どんな犠牲を払ってでもクインとソルを守るために自分がすべきことをしたという自覚のおかげだった。その代償は大きかったが、そうした価値はあった。クインの敵意と怒りに直面したいまでもそう思う。

「ブラジルに戻る？　ブラジルに何があるの？」

「ぼくはサンパウロで、ソルと一緒に暮らしているんだ」

セイディの胸が締めつけられた。そこは、ソルが生まれた場所だ。「ソルはいまそこにいるの？」なぜ息子を何千キロも離れたところに残してきたのかと訊《たず》ねたかったが、唇を噛《か》んだ。彼女にその権利はなかったからだ。

「ああ、彼はそこにいる。きみが去ってからずっとぼくと一緒だ。とても有能なナニーも一緒にね」

心臓に毒矢が刺さったような衝撃をセイディは覚えた。

「まだ彼と離れて二十四時間も経っていない。一晩マンハッタンに泊まって朝には帰るつもりだったが、もう帰ることにした」

セイディは意気消沈した。サンパウロまでクインについていく金銭的な余裕などない。彼がニューヨークに来るという記事を読んだとき、なけなしの貯金をはたいて、自分もニューヨークに来たのだ。

「クイン、わたしは――」

「いいか、よく聞くんだ。一度だけ、きみにチャンスを与えよう。息子に会う資格があるわけではないが、きみにはいくつかの権利があると認めざるを得ない。この件が法廷に持ちこまれたときに、ぼくが息子に会う機会を与えなかったという言いがかりをつけられたくないからな。ソルのため、そしてぼくが息子の第一親権者でありつづけるためなら、どんなリスクも冒さない。だから、きみに面会を許可する必要があるなら、そうするつもりだ」

セイディは、いまの短い電話の相手は彼の弁護士だったと推測した。弁護士は慎重に行動するようアドバイスしたのだろう。しかし彼女は、大きな安堵《あんど》を感じていた。「嬉《うれ》しいわ。本当にありがとう」

そう返したものの、セイディは自分の金銭的な事情を思い出してふたたび気持ちが急降下した。「すぐにでもソルに会いたいけど、正直なところ、これほど急にブラジルに行くお金はないの」彼女は自分の言い分を聞いて、思わず身震いした。まるで、息子に会いたくないがために、言い訳をしているようだった。間違いなく、クインは彼女を追い払うこの機会に飛びつくだろう。

クインはしばらく彼女を不安にさせるようなまなざしで見つめたあと、ゆっくりと口を開いた。「きみの財政状況については、言われたことを信じるしかないな。結局のところ、この四年間、きみが何をしていたのかわからないのだから。結婚はしているのか？　子どもは？」

セイディは彼の言葉に癇癪《かんしゃく》を起こしそうになったが、必死に抑えて頭を左右に振った。「いいえ」そう答えてから、彼女は訊ねた。「あなたにはパートナーがいるの？」

彼女はクインが誰かと写っているパパラッチ写真を見たことがなかったが、彼は決して人前で派手に振る舞うタイプではなかった。

その質問に、彼は口元をこわばらせた。「きみには関係ないが、いまは誰とも付き合っていない」

でも、この四年の間に、誰かと付き合っていたとでもいうのだろうか。セイディの心は何か暗いもので歪《ゆが》む。そう、嫉妬だ。彼女が感じる資格のない嫉妬。「わたしたちは、いまも結婚しているものね」

気がつけば、彼女は無意識にそう返していた。

クインは素っ気なく笑った。「それは違う。あのビーチでの結婚式はかたちだけのものだった。ぼくたちはどんな書類にもサインしていない」

「そうだったわね」セイディは顔を赤らめた。彼の言うとおりだ。ふたりはソルが生まれたあと、法的な手続きをするはずだったが、記憶が戻ったことで彼女の世界はひっくり返ってしまったのだ。

ビーチで行われたあの美しい式は、教会や役所で行うどんな儀式よりも、より強い絆で結ばれるものだとずっと信じていた。明らかに彼はそうは思っていないらしい。

セイディは両手を背中に隠し、彼にプロポーズされたときにもらった指輪を外した。エメラルドとサファイアの指輪は、彼女の宝物となった。彼女がまだ指輪をはめているのをクインが見るかもしれないと思うと、パニックを起こしそうになる。マニキュアも塗っていない短い爪と荒れた手をクインが見るかもしれないと思うだけで、肌が汗ばんできた。それは彼女がつねに動き回っていたことの証拠であり、そして彼女が唯一できる仕事が、必然的に単純で骨の折れるものだったことの証拠だ。

「もしあなたが聞いてくれるなら、いままで何をしていたか説明するわ」

でも、もしそのことを彼に話し、あまりに突飛で信じられないことだと思われて、ソルとの生活から永久に追い出されてしまったら？　こうしてふたりが仇敵《きゅうてき》のように向かい合っている状態では、説明することはできないと悟った。クインが答える前に、彼女はぼそりと言った。「いまは説明するのに、いいタイミングではないかもしれないけど」

彼は眉を上げた。「説得力がある話を考えるために、もっと時間が必要なのか？」

「そういうことじゃないの。説明することがたくさんあるのよ」

クインは腕時計に目をやった。「時間がないんだ。一時間以内に出発できるよう、機長には指示してある。きみも一緒に来てくれ」

セイディは一瞬、息を止めた。クインは彼女を連れていくつもりなのだろうか。聞き間違いではないかと心配した。

きみはどこに泊まっているんだ？」彼は苛立ったように訊ねた。

セイディはすぐにグランドセントラル駅近くのホステルだと告げた。ホステルと聞いたクインはわずかに目を見開いたが、彼の経歴を知ったいまなら、その理由は容易に想像できた。

「誰かに荷物を取りに行かせよう」

「いまなら急いで戻って荷造りできるわ」

しかし彼は首を横に振り、すでに携帯電話を取り出して指示を出していた。

クインのこの新しいビジネスライクな姿は彼女にとって衝撃的だった。かつての彼は、典型的なサーファー旅行者だった。また、彼は技術オタクで、一日に何時間もノートパソコンに向かっていて、いまのような指示を出すことなどなかったからだ。

だがそのとき、ソルを出産するためにサンパウロの病院に行ったときの記憶がよみがえった。彼女は初めて、医師や看護師がクインの指示に素直に従っている様子を目の当たりにした。まるで彼の生まれながらの権威を察したかのように医師たちは動いた。不思議ではない。あのときの彼は、何世代にもわたる家系由来の特権と権利意識を漂わせていたのだろう。

出産前のセイディは陣痛がひどかったのであまり気にしていなかったが、いまは欠けていたジグソーパズルのピースがすべてぴったりとはまった。彼が個室を取ってくれたこともそうだった。そのとき彼女は、どうしてそんなお金が払えるのかと漠然と考えていただけだった。彼女はいま、自分が世間知らずだったと感じていた。彼の過去について、なぜもっと質問しなかったのだろう。

「ありがとう。連れていってくれることに、本当に感謝しているわ」

「言っておくが、きみのためにすることじゃない。

さあ、行こう。運転手が待っている」

　運転手つきの車の後部座席に乗りこむと、ふたりの間に冷たい空気が流れた。クインは反対側の窓から外を眺め、物思いにふけっている。彼はパーティーを邪魔されたことに苛立っているのだろう。セイディはじっと座っていた。少しでも動けば、クインの気が変わって彼女を道路に放り出すのではないかと恐れていたのだ。

　しかし、何ごともなく車は走りつづけ、マンハッタンから離れた民間の飛行場へと向かった。そこでは、スマートなパンツスーツを身につけた女性が、もう何年も引きずっているセイディの小さなキャリーケースを持って待っていた。その瞬間、セイディはそれを近くのゴミ箱に捨てたいと思った。彼女は自分が耐えてきたことを思い出させるものに、心底うんざりしていたのだ。

　けれど、最後の旅が残されているから、捨てるのはもう少し待たなければならない。たとえクインの家の外でキャンプしなければならないとしても、彼女は二度と息子のそばを離れるつもりはない。だからこれが、最後の旅になるのだ。

　そして少なくとも、そこに行く方法については心配する必要がなくなった。

　黒光りするプライベートジェットに乗りこむと、ふかふかのカーペットや金色の縁取りが施されたクリーム色の革張りの座席が目に入り、彼女はその豪華さに驚かされた。クインは機内を歩いて後方近くの席に向かった。どうしたらいいのかわからず、セイディはただ彼についていった。

　彼は腰を下ろして彼女を見ると、他の席に向かって手を振った。「くつろいでくれ。長いフライトになる。朝には到着するだろう。サンパウロはここよりも一時間進んでいる」

　セイディは自分のドレスが気になった。「それなら、もっとらくな服に着替えるわ」

クインは背後のドアを指さした。「寝室とバスルームはそっちだ。どうぞご自由に」

セイディは唯一の所持品と思われる小さなキャリーケースを持って寝室に消えた。クインは血管が破裂するのではないかと思うほど緊張していた。彼女の香りが空気中に残り、彼を嘲笑《あざわら》った。クルーが離陸の準備をしているなか、彼は悪態をつき、リラックスしようと努力した。

まるで想像の産物であるかのように彼女が目の前に現れたことが、彼はまだ信じられなかった。だが、自分の体の反応は、彼女があまりにもリアルだと思わせる不愉快なものだった。手を伸ばして彼女に触れないようにするために我慢したせいで、全身の筋肉が痛んだ。彼女が実在するのか、肌はまだ柔らかいのかを確かめたい。それに、彼女の髪が絹のように滑らかなのかどうかも、触れて確認したくてたまらなくなった。

彼女を同行させるなんてどうかしている。電話で話した顧問弁護士は、相手が何を望んでいるのか確認するようにと言ったが、彼女を近くに置いておけとは言わなかった。彼女が何をしようとしているのか確かめるためには、一緒にいる必要がある。セイディが何を狙っているのかを突き止めなければならない。彼女はタイミングは関係ないと否定するかもしれないが、ふたたび姿を現すのにいまを選んだのには笑うしかない。

クインの仕事が注目を集めて軌道に乗ってからは収入も大幅に上がったが、株式上場によって、彼自身も彼のビジネスも新たなレベルに進んだ。彼女は明らかに、この瞬間を待っていたのだ。かつて一緒にいたときに彼が話した内容から、いつか成功すると考えていたに違いない。最初に彼を励まし、それはすばらしいアイデアだと言ったのも彼女だった。

もしかしたら、彼女は会社の所有権を主張するつもりなのだろうか。彼に利益の一部を支払う義務があると主張するつもりかもしれない。

そのとき、背後でドアが開き、セイディの香りを感じたクインはふたたび緊張した。彼女は髪を無造作にひとつにまとめ、ドレスから色あせたジーンズと柔らかなピンクの半袖のトップスに着替えていた。彼は、彼女のジーンズがハート形のお尻を包んでいるところから目を逸《そ》らすことができなかった。彼の記憶にあるように、丸く小さい。そして、細いウエストにはくびれがあり、そこから目線を上げていくとかたちのいい胸が目に入った。

セイディとの最後の思い出は、病院から海岸沿いのサンセバスチャンに戻ったあと、ベッドでソルに母乳を与えていたときのことだった。彼女は青ざめていて、気もそぞろだった。赤ん坊にきちんと授乳しようとするストレスのせいだと言った。ソルは気むずかしく、何かがおかしいと感じていたかのようだった。まるで、数日後に母親が彼を置き去りにすると、知っていたかのようだった。

明らかに、セイディにはその段階で何か異変があった。出産後に彼女は変わってしまい、引っこみ思案になったうえに、彼と目を合わせることができなくなった。それに対して、出産のような大きな出来事のあとには当然のことだと彼は思っていた。

セイディが振り向いたとき、クインは彼女の大きなブルーグリーンの目に動揺しないよう、必死に努めた。その同じ目でソルに見つめられるたびに、息子の母親を思い出した。だから、クインが他の女性を追いかけようという気持ちにならなかったのも不思議ではない。セイディはまるで幽霊のように彼の記憶のなかにつきまとった。しかし、彼女はもう幽霊ではなく、実在する。

「もう一度お礼を言わせて」セイディが言った。

セイディの背後から、スタッフのひとりが合図を送るのが見えた。それを見て、クインは彼女にそれ以上、話させなかった。「席に着いて、シートベルトを締めるんだ」

「ええ」彼女は周囲を見回し、クインから顔を背けるような席を選んだ。それが彼を苛立たせた。

彼はシートベルトを締め、ニューヨークの夜空に飛び立つ飛行機の窓の外に集中した。同じ機内に座っている女性には目を向けなかった。その女性は、彼の心を引き裂き、愛や信頼が存在すると信じることは愚かだと思い知らせてくれたのだ。

彼がいまこの世界で信頼できるのは、自分自身と息子だけだ。セイディ・ライアンが何を企《たくら》んでいるのかを早く知れば、彼女を追い払えるだろう。

3

飛行機を降りてしばらく車で走ると、早朝の太陽が周囲を黄金色に輝かせはじめた。遠くに見えるサンパウロの中心部は、高くそびえるビルでいっぱいだ。新しい日、新しい夜明け。セイディはそれを、よりよい日がやってくる兆しと受け止め、それにしがみついていた。

いまならきっと、人生を立て直すことができる。自分がしなければならなかったことを償い、息子の母親になれるはずだ。

「飛行機ではあまり眠れなかったようだな。寝室を使えばよかったのに」

ニューヨークを飛び立って以来、クインが初めて口にした言葉に、セイディは緊張した。どうやら、彼女が眠れないことに気づいていたようだ。

「大丈夫よ。いつもよく眠れないだけだから」

それに、クインが近くにいることや息子との再会が間近に迫っていることのせいで落ち着かず、余計に眠れなかった。

「きみはよく眠れていたはずだ」

セイディの胸が高鳴った。「わたしたちが一緒にいたときのこと？」

クインは答えなかった。

「あなたと一緒にいるときはよく眠れていたの」そう答えたセイディの頬が熱くなった。ふたりが実際に眠りについたのは、何時間もかけて愛し合ったあとの夜明けごろだった。

クインの腕のなかにいると、彼女はとても安心した。彼といるかぎりすべてがうまくいくかのような、完全に本能的な幸福感だった。彼女の心のなかに恐怖がなかったのも不思議ではない。

「きみはよく悪夢を見ていたな」

そう、悪夢を除いては。彼女の潜在意識は理解できないイメージを夜な夜な見せ、記憶が戻ったときに初めて、悪夢が現実に基づいていると気づいた。

「もう悪夢を見ることはないわ」

この四年間、セイディの現実は悪夢そのものだった。いま、彼女は息子に会えるかどうかという思いで、眠りを妨げられている。けれど、息子に会えるまであと少しだ。

「彼は母親について訊《き》いたことはある？」セイディは思わず口にしていた。

クインは彼女を一瞥《いちべつ》した。「彼は最近、気になりだしたようだ。友達のなかで、母親がいないのは自分だけだと知ったから」

セイディは少し気分が悪くなった。「彼になんと答えたの？」

「きみは遠くに行かなければならなかったと伝えただけだ」

たったそれだけ。彼女が去ったことで生じた苦悩や痛みについては何も触れられていない。

車は、比較的目立たない門の外で減速し、停止した。門の向こうには、道路から見えないように緑豊かな木々が生い茂っている。そして、まるで魔法にかかったかのように門が開き、なかに警備員がいることに気がついた。長い私道を進んでいくと、突然、広大な中庭に出た。そこには、近代的な建物が周囲の草木に溶けこむように立っていた。

車が止まると、セイディが身構える間もなく玄関ドアが開き、エネルギーのかたまりのような存在が勢いよく階段を駆け下りてきた。クインはドアを開けて車から降り、両手を広げてかがみこむと、息子を迎える準備をした。

彼の息子。彼らの息子。彼女の息子だ。

セイディは息ができなかった。動けなかった。車のなかからその光景を見つめながら、彼女は凍りついていた。

クインが息子を腕に抱き上げると、ソルが興奮した声で言った。「パパ、もう帰ってきたの？　レーナはもっと遅くまで帰らないって言ってたのに」

「驚かせたかったんだ」

震えながらどうにか車から降りたセイディは、息子の姿を見てもまだ信じられずにいた。ソルはクインの腕のなかで笑っている。息子は彼女にとって見慣れた存在であると同時に、まったく見知らぬ存在だった。ストロベリーブロンドは自分とそっくりだし、ブルーグリーンの瞳の色も同じだ。肌は父親より暗い色調の黄金色で、そばかすがある。そして、いたずらっぽい笑顔が魅力的だ。

自分に向ける熱い視線を感じたかのように、ソルは頭を回して彼女を見た。「あなたは誰？」

自分はいったい誰なのだろう。少年にとっては見知らぬ人でしかない。けれど、彼の母親で、息子に会えたことで感情の海に溺れそうな人間だ。

セイディは口を開いた。「わたしは――」

「彼女は職場の友人なんだ。ぼくのプロジェクトを手伝いに来てくれたんだよ」クインは滑らかに口を開き、息子に説明した。

ソルはそれを平然と受け止めた。「パパ、彼女の名前は？」

セイディはクインに目を向けなかった。彼女は息子から目を離すことができなかった。

「彼女の名前はセイディだよ」

「セイディ」ソルはそれをくり返した。「セイディなんて名前の人は初めて。イケてる《クール》」

少年はクインの腕から下りて、セイディの前までやってきた。足の感覚がもうないのに、どうしてまだ立っていられるのかわからなかった。

ソルは彼女を見上げた。彼は学校のロゴ入りのTシャツを着て、それに合うショートパンツを穿《は》き、足元は擦り切れたスニーカーだった。膝にはかさぶたがあり、明らかに活動的なのがわかる。

「ねえ、ぼくの部屋を見たい？　かなりクールなんだ。ぼくの好きなサッカー選手のポスターが貼ってあるんだよ」

セイディは必死の思いで声を出した。「サッカーが好きなの？」

ソルはうなずいた。「うん、大好きだよ。大きくなったらサッカー選手になるんだ」

「まあ、そうなの？」

「さあ、ソル。学校に行く時間だ。セイディとは、またあとで話せばいい」

ソルは母親そっくりの目を見開いた。「しばらくここにいるの？」

セイディは息子から視線を逸《そ》らし、無力感に襲われながらクインを見た。ここに来たら何が起こるかなど考えてもいなかった。宿泊費さえ持ってない。

「たぶんね」クインの表情は読めず、ただ一言そう言った。

そのとき、クインの背後に年配の女性が現れた。優しい顔立ちの彼女は、ソルからセイディへと目を向け、そのまなざしには洞察力を感じた。

「彼女はマダレーナ。ソルのナニーであり、ぼくの救世主だ」クインがその女性を紹介する。

「でも、ぼくたちはレーナって呼んでるよ」ソルが付け加えたのを聞き、セイディは弱々しく微笑《ほほえ》んだ。

レーナは近づいてくると、セイディの手を握って温かく微笑んだ。「サンパウロへようこそ。この少年は学校に行く時間なので、ここで失礼しますね」

マダレーナがソルの手を取ると、彼はエネルギーを抑えきれずにナニーの横で飛び跳ねた。ふたりが小さな車に乗りこんで私道を遠ざかっていくのを見て、セイディの体中をアドレナリンが駆け抜けていき、大きな車に寄りかかりそうになった。クインが脇に立ち、ポケットに手を入れて注意深くこちらを見ているのがわかった。

「なんと言っていいかわからない。彼は、とてもかわいいわ。想像していた以上に……」

「ああ、そのとおりだ。いろいろなことがあったにもかかわらず、彼は幸せで、自信に満ちた少年になった」

セイディは言われたことを噛《か》みしめながら、ここ数日の疲れがどっと押し寄せてくるのを感じた。

「疲れた顔をしているな。母屋を案内してから、きみが泊まるところに連れていこう」

「ここに泊まってもいいの？」

「金がないというきみの言い分どおりなら、泊まるところが必要なはずだ」

「ありがとう、助かるわ」自分を取り繕うのは無駄なので、セイディは素直に答えた。

彼女はクインについて広大な近代的建造物のなかに入り、開放的で風通しのよい空間に目を見張った。コンクリート打ちっぱなしの壁と床を、木製の仕上げ材が和らげている。抽象的なアートが色彩を添え、巨大なラグも敷かれていた。窓の外には青々とした葉が生い茂り、遠くにはきれいな緑の芝生が見えた。

クインは、開放的なキッチンで作業する男性と話すと、セイディに向き直った。「マダレーナの夫のロベルトだ。彼はうちの料理人なんだ。ふたりとも庭をはさんで隣に住んでいる」

セイディはおずおずと微笑んだ。「はじめまして」

彼女はこれまでの数年間、人との接触を避けて過ごしてきたので、こうして誰かと接するのは奇妙な感じがした。

ロベルトのまなざしからは、妻と同じく洞察力が感じられた。この夫婦が何かを理解するのにそれほど時間はかからないような気がする。

紹介がすむと、クインはふたたび大股で歩きだした。セイディは急いでついていかなければならなかった。次のエリアにはリビングルームがあり、引き戸で仕切ることができる別の部屋もあった。ジムや、広大なホームオフィスも完備していた。

「あなたは家で仕事してるの？」

「ときどきは。サンパウロにオフィスがあるんだ。いまは百人近くを雇っている」

「それは、本当に……クールね」ソルが使う言葉を借りて、セイディはぎこちなく返した。

クインはリビングから庭へと続く巨大なスライドドアを開けた。セイディは彼のあとを追って庭へ出た。とても静かだ。鳥の鳴き声とスプリンクラーの音しか聞こえない。移動式のゴールポストが設置されていた。ソルがサッカーをするときのためのものだろう。

芝生の上にある敷石を歩きながらクインは言った。

「この家は完全に自給自足できるようになっている。太陽光パネルを使っていて、井戸もある。できるだけ多くの作物を自家栽培し、余った分はハウスキーパーが地元のホームレス支援団体に寄付しているんだ」

セイディの胸は締めつけられた。彼らはかつて、生まれてくる子どもの未来を考え、持続可能な生活をどう送るかについて何時間も話し合ったことがあった。「それはすごいわ」

クインは彼女を振り返った。「ソルは地球と環境に夢中なんだ。彼の学校は持続可能性について教えることに力を入れている」

「四歳で学校に通うなんて、まだ早いのでは？」

「インターナショナルスクールでは、六歳までは幼稚園クラスで、それからメインカリキュラムに入るんだ」

セイディには、クインが子どもの教育方法に関する彼女の意見を喜ばないだろうとわかっていた。彼のもとを去ったあとではなおさらだ。

木々の間の小道に入っていったクインについていくと、緑が豊かで静かな空間に出て、そこには周囲に溶けこむように別の建物が立っていた。ガラスと木とコンクリートがふんだんに使われた平屋だ。

「ゲストハウスだ。きみはここに泊まるといい」

つまり、彼女は家族が暮らす母屋には入れてもらえないのだ。傷つくのは愚かなことだが、こうされたのは、記憶が戻ったとき、彼女が人生を通していかに孤独だったかを悟ったことを思い出させた。それは、最初は両親の悲劇的な早すぎる死、そしてその後の何年にもわたる養子縁組と里親制度の失敗によるものだった。

自分がクインに情熱と無条件な信頼を寄せていたのも不思議ではない。彼は彼女に、完全な安心感と愛を与えてくれた最初の人だからだ。そう、まるで故郷にいるような感覚を与えてくれたのだ。サーフィンの事故のあと、クインは彼女の命を救ってくれたうえに、彼の家に滞在するよう彼女に申し出た。承諾するのは無謀なことだったが、心の底では彼を信頼できるとわかっていた。

表向きは現実的な理由からだった。病院は、セイディが頭部外傷を負って記憶を失っているため、観察とケアを受けられないかぎり、退院させるつもりはないと言った。彼女の面倒を見てくれる友人もいなかったし、スマートフォンも紛失していた。彼女はひとりきりで、無防備な状態だったのだ。

けれど、セイディが完全に回復するころには、彼の家を出るという話はなくなっていた。そのころには、ふたりは情熱的な恋愛関係にあったからだ。それは、人生を変えるほどの恋だった。

彼女は過去の記憶を振り払い、自分の感情が顔に出ないようにと願いながら口を開いた。「これは寛大すぎるわ、クイン」

何も言わずに彼が移動したので、セイディは彼のあとを追った。

クインは木々の切れ間に立ち、その向こう側を指さした。「あちらにプールがある。プールハウスには水着やローブがあるから、泳ぎたいならどうぞ」

プールを見ただけで、彼女は自分が埃《ほこり》っぽくて汚いと感じた。太陽の下できらきらと輝く水面にはほとんど波紋がなく、とても魅力的に感じられた。

クインはすでにゲストハウスに戻り、玄関のドアを開けていた。彼は彼女をなかに通すために脇に寄った。彼のにおいがする。彼女は目を閉じて、そのにおいを存分に吸いこみたくなった。

この建物は、母屋の縮小版のようだった。開放的な空間に使いやすそうな部屋。ドレッシングルームとバスルームのある巨大な寝室。バスルームには天井がガラス張りのシャワーブースがあり、セイディが見上げると色とりどりの鳥が通りすぎるのが見え、風変わりだしロマンティックで、なんだかどきどきした。けれど、彼女はすぐにクインのツアーに意識を戻し、そのような邪念を追い払った。

色鮮やかなラグやアートが、モダンな印象を和らげている。セイディは心が落ち着くようなその雰囲気が気に入った。

キッチンには食材がぎっしりと揃《そろ》っており、家事室が併設されていた。また、リビングエリアには豪華なL字型のソファと大型テレビがあり、独立したダイニングエリアに続いていた。四年間、ほとんどスーツケースから荷物を出さずに生活し、コインランドリーで洗濯していたセイディにとっては、贅沢《ぜいたく》の極みでしかない場所だ。

「ハウスキーパーのサラが、きみの荷物を片づけてくれるだろう」

セイディは自分のわずかな持ち物を思い浮かべた。

「その必要はないわ。自分でできるから」

「好きにすればいい」クインは肩をすくめると、腕時計に目をやった。「何か食べてからオフィスに行かないと」

クインは庭を通って母屋に戻った。セイディはまたもや彼に追いつこうと急いであとを追った。サンセバスチャンのビーチでクインに追いつこうと走り、彼の背中に飛び乗ったときの鮮明な記憶が彼女を襲った。彼女はクインの首に腕を回してキスをし、彼の唇に感じる海水の塩気を味わったのだ。

セイディは敷石のひとつにつまずき、小さな叫び声をあげながら前に倒れそうになった。けれど、クインが振り返って彼女を受け止めた。たちまち熱波が彼女の体内を駆け巡り、四年間眠っていた細胞がよみがえった。電気が彼女の皮膚を伝わり、全身の毛が立ち上がると、即座に生々しい欲望で彼女の腹部がうずいた。

クインに支えられながら、彼女は顔を上げた。間近に見た彼のまなざしの意味がわからなかった。暗いふたつの瞳に光はなく、許しの色もない。彼の顎がこわばった。そして、何が起きているのかわからないうちに、彼は彼女の腕を両手で強くつかんで引き離した。まるで、ふたりが触れ合うことに嫌悪感を示したかのように。

彼女の顔が熱くなった。「ごめんなさい。足元をちゃんと見ていなかったの」

「気にするな」彼はそう言ってこちらに背を向け、大股で歩きはじめた。

セイディはふたたび彼のあとをついていった。前を行く男性が、ビーチで結婚式を挙げたあの美しい日のように、また自分を見つめてくれる日がくるのだろうかと考えた。

かつての彼は、まるで彼女が世界で唯一の大切なものであるかのように見つめてくれた。彼女はとても愛されていると感じたし、大切にされているとも感じた。そして彼は、彼女の世界の中心だったからこそ、彼も同じように見つめてくれていたのだと知っていた。いまも、彼は自分の世界の中心にいる。セイディは彼を愛することをやめなかった。やめられるわけがない。彼は彼女の子どもの父親だし、最初の恋人なのだから。

ふたりの関係は完璧だったのに、いとも簡単に壊れてしまった。彼女の罪は大きすぎる。おそらく、彼はその理由を知っても、許してくれないかもしれない。セイディが望むのは、息子の生活に永続的にかかわれるような日常が確立されたときに、クインが彼女を嫌悪の目で見なくなることだけだった。

クインはその日、レーナに休憩を与えるためにソルを学校に迎えに行った。家まで車で帰る間、ソルが話していたのはセイディのことばかりだった。珍しいことだ。ソルは人が好きで、人見知りもしなかったが、普段はこんなふうに誰かに執着することはなかった。明らかに息子は、彼女について何かを感じ取っていた。

今朝、ソルが母親の前に立ったとき、ふたりが似ていることに気づかずにはいられなかった。それを見た瞬間、クインの肺から空気が抜け、胸が締めつけられた。彼はまた、セイディを見たレーナの目が細められたのにも気がついた。レーナは何も見逃さない。そして、夫のロベルトも。けれど、彼らは何も言わなかった。

クインが中庭で停車すると、ソルは車から飛び降りて家のなかに駆けこんだ。緊張しながらクインもあとを追った。ソルはキッチンに行き、ロベルトが用意したおやつを食べはじめた。自分の周りにこれほどいいサポートがあることにかぎりなく感謝した。

シングルファーザーであるのは、彼にとってこれまででもっとも大変なことだった。そして、それは自分の母親に育児放棄されたことへの怒りを募らせるだけだった。

それに、セイディに対する怒りも増幅した。母親のいない環境で育った彼と同じ経験を息子にもさせているという事実は、何よりも受け入れがたいものだった。

ソルがリンゴを口に含みながら話すのを見て、クインが手を上げた。「口のなかのものを食べてから話すんだ」

「セイディはもう帰ったの？」話すことができるようになると、すぐにソルは訊いた。

クインは一瞬不安になった。彼女はもういないのかもしれない。息子に会ったあと、クインの財産の有無にかかわらず、彼女は息子と過ごしたくないと気づいて、また去ってしまったかもしれない。

その考えに相反する感情が入りまじり、クインはいきなりこう言うしかなかった。「制服を着替えて、サラのために洗濯かごに入れたらどうだ？　サラがまたきみの部屋の床から制服を拾わなければならないなら、ロベルトには一週間ズッキーニだけを食べさせるようにと指示するぞ」

ソルはうえっという声を出しながら、自室に向かって走っていった。息子はズッキーニが大嫌いなのだ。

クインは外に出て、ゲストハウスに向かって歩きだしたが、歩いているうちに思い出がよみがえり、その記憶に圧倒されそうになった。彼とセイディが一緒に暮らしていた小さなビーチハウスに戻った、あの運命の日の記憶だ。生後数日のソルの授乳のあと、セイディを休ませるためにソルを散歩に連れ出してからのことだった。

家に戻ったとき、セイディがまだ眠っているかもしれないから静かにしていた。しかし、寝室を確認すると、ベッドには誰もいなかった。バスルームにいるのかと思い、クインは一分間待った。だが、何も聞こえてこなかった。何かあったのだろうかと心配になった彼は、セイディの名前を呼んでバスルームのドアを開けた。けれど、彼女の姿はなかった。

ベランダに出てビーチを見回したが、そこにもセイディの姿はなかった。それまで経験したことのないような不安感が彼の肌を這《は》い回った。どういうわけか、彼はその瞬間に彼女がいなくなったことを知ったが、何時間もそれを認めなかった。

寝室の鏡に立てかけられたメモを見つけたのは、午後の早い時間だった。それを見て、頭を殴られたような衝撃を受け、動揺した。

〈どうか信じてほしい。去りたくないけど、そうしなければならないの。わたしを捜そうとしないで。ソルの面倒を見てあげてね。愛してるわ〉

愛してるだって？　もしそれが愛であるなら、彼の幼いころの経験がすべて裏づけられたことになる。愛など存在しない。彼がいま信じられる唯一の愛は、息子に対するものだけだった。

クインは木々の間を抜けてゲストハウスに向かいながら、セイディがふたたび姿を消せばいいのにと思う反面、また彼女が姿を消すかもしれないと考えるだけで不安を覚え、その事実にひどく苛立《いらだ》った。

セイディは昼食から戻ったあと、しばらく前に自分のわずかな荷物の整理を終えていた。昼食の間、クインは彼女から目を逸らし、何も話そうとはしなかった。

彼女は洗濯機を使いながら、それがどれほど贅沢に感じられるかを思い、恥ずかしくなった。洗濯が終わるまでの間、ゲストハウスをくまなく見て回り、上品で控えめではあるが、その豪華さに圧倒された。

シャワーを浴びたセイディは、着古した柔らかいジーンズと半袖の清潔なTシャツに着替えた。指輪を指に戻したい誘惑をこらえ、チェーンにつけて首からかけた。

木製の引き戸の向こうに、巨大なテレビと音響システムがあった。本棚にはスリラーや文芸作品、それにベストセラー小説やノンフィクションが並んでいた。セイディの指は本を手に取りたくてうずうずした。読書のようにリラックスできる何かをする心の余裕が、もう何年もなかった。実に四年ぶりのことだ。クインと一緒にいたときは、貪るように読書していたというのに。

彼女は寝室に移動した。そこは、磨き上げられた木材と柔らかな布地でできた、静寂のオアシスのようだった。巨大なベッドがあまりにも魅力的に見えたので、靴を脱いでベッドに潜りこみ、体を包みこむ柔らかなクッションに喜びの声をあげた。骨身にしみるような疲労感の上に、倦怠感《けんたいかん》が押し寄せてきた。この二十四時間のアドレナリンがようやく体内から抜けていくのを感じた。

目を閉じようとしたとき、物音がした。部屋の入り口に、クインが立っていた。一瞬にして平穏の感覚は消え去り、アドレナリンが彼女の体内からふたたびあふれ出した。

彼女は起き上がり、ベッドから離れた。「ごめんなさい」

「謝る必要はない」クインはきっぱりと言った。「滞在している間、ここはきみの部屋だ。ノックすべきだった」

再会してからクインが彼女を見る目は、嫌悪感と強い不信感の中間のようなものだった。これほど礼儀正しく振る舞うには、どれほどの自制心が必要なのだろう。セイディは彼に、ソルのいる生活から追い出される口実を与えたくなかった。

「わたしを滞在させてくれて、本当にありがとう」

「きみがまだここにいるのか、ソルに訊かれた」

それを聞いたセイディの胸は締めつけられた。

「わたしはどこにも行かないわ」

クインは腕時計に目をやった。「夕食は一時間後だ」

「わかったわ」セイディはクインが部屋を出て、木々のなかに消えていくのを窓から見送った。

彼女はベッドの端に腰を下ろし、脱力した。自分がしたことを考えると、クインの冷たい態度に傷つくなんて愚かだ。過去にあったクインとの間の絆《きずな》は完全に壊れてしまったが、彼女はいまここにいて、息子と自由に人生を歩むことができる。それがすべてなのだ。

4

クインは、セイディの独特の低い声とソルの興奮した高い声が寝室から聞こえてくるのが気に入らなかった。不安と興奮、それにさまざまな感情が同時に胸に押し寄せてくるからだ。

彼は、セイディがふたたび自分たちの生活の一部となることはないと思っていた。けれど、そう思いながらも、息子の部屋から聞こえてきた彼女の声で、自分の内臓がゆっくりと燃えるような欲望で締めつけられるのがわかった。いや、それは彼女と出会ったときからそうだった。

初めて彼女を見た日のことは、好むと好まざるとにかかわらず、彼の記憶に永遠に焼きついている。

サンセバスチャンに住みはじめて数カ月が経《た》ったある日、彼はサーフィンをしている若い女性を見つけた。クインはその女性に興味をそそられた。彼と同じように、一人ぼっちのようだったからだ。彼は、彼女が波に乗ろうとして失敗し、そして立ち上がって、また挑戦するのを見ていた。その粘り強さには感銘を受けた。

彼女の身体能力、細くしなやかな手足や、引きしまった筋肉にも魅了された。遠くからでもかわいく見えたが、数日後に間近で見たとき、認識を変えた。

ヘアサロンで働く彼女と目が合った瞬間、彼は全身に電気が走ったように感じた。そして、彼女はかわいいのではなく、美しいのだと悟った。アクアマリンの大きな目、まっすぐな鼻、大きな口。いまよりも暗い色をした髪が彼女の顔を縁取り、太陽に照らされた肌を実際よりも青白く見せていた。

セイディに髪を切ってもらったとき、それはセックスよりも親密な行為のように感じられた。髪を切る彼女から目を離すことができなかった。彼女の手は小さく器用で、爪は短くきれいに整えられていた。そして、女性を信用してはいけないとつねに彼に告げてきたあらゆる本能に反して、出会った瞬間から、セイディには彼の防御をすべてかい潜《くぐ》る何か特別なものがあった。

クインは彼女をデートに誘った。でも、彼女は断った。彼は翌日、ふたたび彼女をデートに誘った。彼女は顔を赤らめ、本当に葛藤しているように見えながら、またも断った。

セイディがふたたびサーフィンに挑戦し、事故を起こしたのを目撃したのは、その翌日のことだった。彼女はあまりにも長い間、海のなかから出てこなかった。パニックに陥った彼は、急いで彼女を見つけて水から引き上げ、口移しで蘇生《そせい》処置を施した。彼女の頭の傷からは血が流れていた。

救急隊が到着したとき、彼らはクインが彼女を知っていると仮定し、彼を病院まで同行させた。セイディが目を覚ましたとき、彼女はクインに向かって顔をしかめ、かすれた声で言った。「わたしはあなたを知っているの?」

自分が彼女に強い印象を与えたことは知っていたから、侮辱されたように感じた。けれど、事故の前のことを彼女がまったく覚えていないとすぐにわかった。名前も、出身地も。彼女はイギリス訛《なま》りで話した。ヘアサロンで会ったから、クインは彼女の名前と勤務先を知っていた。だが、誰も彼女を捜しに来なかったので、クインは彼女が退院してから最初の数日間、自分が面倒を見ると申し出た。

彼女は頭部の負傷による後遺症に備えて、誰かが見ていなければならなかった。しかし、記憶喪失と頭部のひどい切り傷以外の怪我《けが》はなかった。

クインはセイディを勤務先に連れていき、彼女の住んでいる場所を教えてもらってそこへ向かった。ビーチから数ブロック離れた小さくて質素なワンルームのアパートメントには、写真など、身元がわかるものは何もなかった。彼女のスマートフォンはなくなっていた。紛失したか盗まれたかのどちらかだ。彼が電話をかけても、その番号は使われていなかった。彼女のパスポートには、セイディ・ライアン、二十歳。近親者なし、アイルランドのダブリン生まれと記載されていた。

これにはセイディも困惑していた。「わたしはアイルランド訛りではないし、あの国に行ったことがあるとも思えない」

医師はクインに、セイディにストレスを与えてはならないと忠告していたので、ちゃんと調べるからあまり心配しないよう彼女に伝えた。そして、彼の借りているビーチハウスには使っていない部屋があったから、彼と一緒にいられるように荷物をまとめた。

セイディが空き部屋で寝ている間、彼はネットで彼女のことを調べたがなんの痕跡もなかった。SNSの存在もなかったし、誰も彼女を捜していないようだった。奇妙だったが、ブラジルの海岸沿いにある、のんびりとした小さなビーチタウンには、そんな放浪者がたくさんいた。彼もそのひとりだった。

クインは、セイディの身内を捜すために、彼女の詳細を写真つきでネットに掲載することを申し出たが、それに対して彼女は奇妙な反応を示した。理由は説明できないが、そんなことはしてほしくないと彼女は言った。だから、彼はそうしなかった。

彼は、セイディが見つかりたがらないこと、ネット上に存在せず、家族の存在も明らかでないことは、記憶が戻ったときに心配すればいいと考えた。家族から逃げ出したいのかもしれないと思い、そんな気持ちに共感できたからだ。

日が経つにつれ、セイディは記憶以外のあらゆる面で回復していった。彼女は自分のアパートメントに戻ることはなく、彼女の過去を探ることは、しだいに優先順位が下がっていった。そして、ふたりは恋に落ちて結ばれ、外の世界はしだいに遠ざかっていった。

セイディの笑い声が、クインを過去から引き戻した。彼は頭を左右に振り、過去を思い出した自分に腹を立てた。

彼はソルの部屋のドアまで歩いていき、なかを覗《のぞ》きこんだ。セイディは床にあぐらをかいて座り、ベッドの上に立ってサッカー選手のポスターを指さすソルを見上げていた。彼女はジーンズとTシャツを着て、髪を頭の上でゆるく束ね、顔の周りにほつれ毛がかかっていた。クインは改めて彼女の自然な美しさに心を打たれた。

「いつかぼくは、彼よりも上手になるよ」ソルが言った。

その言葉に、セイディは微笑《ほほえ》んだ。「庭でゴールポストを見たわ。たくさん練習しないとね」

そのとき、ソルはクインに気づき、ベッドから飛び降りた。まっすぐやってきて、父親の腰に腕を回すように飛びかかってきた。「ぼくのパパは最高だよ。毎日放課後、一緒に練習してくれるんだ」

セイディは流れるような動きで立ち上がった。クインの鼓動が高鳴った。彼女はいつも自然な優雅さをかもし出していた。サーフィンのとき以外は。

また過去を思い出してしまった。

「夕食の時間だ」彼はその記憶を脇に押しやり、意図していたよりも無愛想に言った。

クインは、セイディの笑顔が彼の冷たい口調に揺らぐのに気づいた。しかし、息子は空気の冷たさに気づかず、父親から離れて階下へとスキップしていった。クインはセイディから目を逸《そ》らしたが、キッチン兼ダイニングルームまでついてくる彼女を強く意識しているのを否定できなかった。

全員が席に着くと、クインはソルにパンを渡した。

「さあ、食事にしよう」

ソルはパンにかぶりつき、旺盛な食欲を見せた。セイディも、かつてクインが知っていたように、健康的な食欲で皿を空にした。

「相変わらず、きみは食べるのが早いな」彼は思わず口にした。

セイディは目を見開いて彼を見つめ、ほのかに頬を赤らめた。

「この家でいちばん早く食べられるのはぼくだよ」ソルは憤慨したように言った。

「これは競争じゃないんだぞ」息子の言葉を聞き、セイディとの過去から気を逸らせることをクインは歓迎した。

「皿をキッチンに持っていったら、ゲームを一回だけしてもいい。そのあとで、寝る準備をするんだ」食事を終えるなりげっぷしたソルに、クインが告げた。

ジャンプするように椅子から立ち上がったソルは、セイディを見た。「明日もここにいる?」

セイディが目を見開いた。息子とそっくりな瞳に気づき、笑ってしまいそうになった。彼女がちらりとクインを見たので、彼は体の反応を抑えながらうなずいた。

彼女はソルを見た。「そうね。あなたがわたしを受け入れてくれるかぎり、ここにいたいわ」

「クール! じゃあ、明日はサッカーを教えてあげるね」

そう言うと、ソルはあっという間に自分の部屋へと姿を消した。

「彼は本当にすばらしい子ね。あなたはいい父親だわ」しばらくして、彼女は言った。

「そうならざるを得なかったからね」

彼女の口元がこわばった。「あなたはソルの世話をナニーひとりに任せることだってできたのに、そうしなかった。マダレーナはソルにとって祖母のような存在なのね」

「彼は本当の祖母に会ったことがない」クインは鼻を鳴らした。「両親どちらのもね」

セイディは青ざめた。「あなたも知ってのとおり、四年前のわたしには、家族がいるのかどうかわからなかったから」

クインは眉をひそめた。「四年前のきみには？」

セイディの顔がいっそう青ざめた。「実は、そのことについて話したいの……」

「パパ、ゲーム機が動かないんだ。なんとかして」

いつの間にか、ソルがそばにいた。クインは心のなかで悪態をつき、立ち上がった。四年前、セイディがなぜあんなに急いで姿を消したのか、聞く準備ができているとは思えなかったが、聞かなければならないことはわかっていた。でも、いまは無理かもしれない。

「わかった。すぐに行くから、先に部屋に戻ってるんだ」

ソルがいなくなると、彼はセイディを見た。「いまその話はできない」

セイディは立ち上がり、空いた皿を手に取った。「そのままにしておいてくれ。朝になったらロベルトが片づけるから。いつもならサラがここにいるはずだが、出勤していないんだ」

彼女は皿を置いた。「何かあったの？」

「サラは今日事故に遭い、仕事ができなくなった」

セイディは本当に心配した表情になった。「それは大変ね。彼女は大丈夫なの？」

「車は全損したらしいが、彼女は大丈夫だ。念のため、数日間休む」クインは、セイディの思いやり深い性格を思い出させられるのがいやだった。なぜなら、明らかにそれは偽りだからだ。心から思いやりのある人間なら、自分の赤ん坊や、愛していると伝えた相手から逃げ出すことなどできるわけがない。

セイディは汚れた皿を指さした。「わたしが片づけるわ。それに、サラがすべき他のこともわたしが代わるわね。わたしをここにいさせてくれることのお礼に、これくらいはさせてちょうだい」

クインはセイディが家事をすることに強い拒否感を覚えた。彼女がこの家に滞在する代償として下働きをするという考え方は、正直言って好ましくないものだった。

「その必要はない。ぼくとロベルトとレーナでなんとかできる」

セイディは首を左右に振った。「彼らはじゅうぶん忙しいわ。わたしにできるせめてものことで、お礼がしたいの」

クインは肩をすくめた。「好きにすればいい。明日ロベルトが来たら、サラの仕事について教えてくれるだろう。おやすみ、セイディ」

「本当に構わないの？」

「もちろんよ。手伝わせてほしいの」

翌朝、セイディがサラの代わりをすると告げると、レーナは心配そうにこちらを見つめた。けれど、セイディが忙しくしていたいと思っていることは確かだった。木々に囲まれたこの静かな場所で、他に何をすればいいのだろう。

レーナは明らかに納得していない。「でも、あなたは——」

レーナは途中で言葉を止めた。たとえ明らかなことでも、言いたくはないのだろう。セイディがソルの母親であり、四年間の育児放棄のあとにふたたび現れたという事実を。母親である彼女は、従業員のように働くべきでないということを。

セイディは無理に笑顔を作った。「ここに来られて幸せだし、役に立てるなら嬉《うれ》しいわ」

レーナはついに折れて、弁当箱をセイディのほうに押しやった。「それなら、ソルのお弁当を詰めてもらってもいいですか？　わたしは、彼が着替えているか確認してくるわ。きっと、用意もせずにゲームでもしてるんだろうから」

レーナがキッチンを出ていくと、セイディの胸はぎゅっと締めつけられた。息子を着替えさせるのは、本来は彼女の仕事のはずだった。でも、彼女にはまだその特権がない。いつかそうできる日がくるのだろうか。

弁当箱の蓋を閉めたとき、ソルがまるで想像の世界から飛び出してきたかのように目の前に現れた。

彼は微笑んだ。「まだここにいたんだね」

彼女の心臓はふたたびぎゅっと締めつけられた。

「ええ」

ソルは口を開けて歯に触れた。「歯がぐらぐらするんだ」

「もし抜けたら、歯の妖精のために枕の下に置いておかなければね」

ソルは顔をしかめた。「歯の妖精って何？　抜けた歯を屋根に放り投げると、代わりにプレゼントがもらえるってパパに聞いたよ。今日はすごく力を入れて磨いたんだけど、それでも抜けなかったんだ」

セイディはにっこり笑った。「わたしが来たところでは、枕の下に抜けた歯を置いておくと、歯の妖精がコインをくれるのよ」

「それで、きみはどこから来たんだ？」

その質問はソルからのものではなかった。セイディが顔を上げるとクインがいた。彼女は息をのんだ。

彼は驚くほど美しい。ひげはきれいに剃《そ》られ、髪はシャワーでまだ湿っていた。袖を捲《まく》り上げたシャツを着て、色あせたジーンズを穿《は》いている。再会してからまだ三十六時間ほどしか経っていないのに、まるで何年も経ったような、そしてまったく時間が経っていないような感覚に陥った。

「パパは、セイディがどこから来たのか知らないの？」

訊《たず》ねられても、クインはソルを見なかった。セイディは息をのんだ。彼は息子のいるいまここで、そんなことを話したいとでもいうのだろうか。

彼女は答えようとしたが、クインが強いまなざしでそれを押しとどめた。「ソル、そろそろ出発しよう。今日はぼくが学校に送っていく」

「わかった。バッグを持ってくる」

「五分後に出よう」

ソルが姿を消すと、その場にはクインとセイディだけになった。彼は眉をひそめた。明らかに答えを待っているようだった。

「わたしが生まれ育ったのは、イギリスよ。ロンドンの郊外なの」

彼の顔に何かが浮かんだ。「では、記憶が戻ったのか？　それとも、本当は記憶を失ってなどいなかったのか？」

セイディは深く息を吐き出した。彼が記憶喪失のことを疑うとは思ってもいなかったからだ。「ええ、戻ったわ」

「きみはアイルランド人ではなかったんだな」

「父がアイルランド人なの。でも、わたしはアイルランドに住んだことはないわ」

「しかし、きみのパスポートはアイルランドのものだった」

確かにそのとおりだ。ブラジルに来るために初めて取ったパスポートがアイルランドのものだった。彼女は口を開こうとしたが、ソルが小さなバッグを持ってふたたび現れた。

「パパ、準備できたよ」

クインの顎がこわばった。「よし、行こう」ソルに向かって言ったあと、彼はセイディを見た。「ぼくはソルを送ってから仕事のイベントがあり、今夜ソルは友達の家に泊まる」

ソルはすでにドアから飛び出していた。「バイバイ、セイディ！」

「またね」セイディはふたりが去っていくのを見送りながら、とてもかすかな声で言った。クインになかなか説明できないことに、苛立《いらだ》ちと安堵《あんど》を同時に感じていた。


その夜、機嫌が悪いクインは、手にしたクリスタルのタンブラーから酒を一口飲んだ。彼はリビングエリアの巨大な窓ガラス越しに、木々の間にあるゲストハウスを見つめていた。

彼はサンパウロの中心街で、彼の気を引こうとする女性が多く参加していたイベントに耐えてきたばかりだった。彼の口元はシニカルに歪《ゆが》んだ。億万長者になると、いかに周囲に影響を与えるかがわかって驚くしかない。

クインはその日、ずっと気が散っていた。ひとりの女性のことが頭から離れなかったからだ。四年間も彼を悩ましつづけた女性。その女性はもはや幽霊ではなく、呼吸をし、彼がいま立っている場所からすぐ近くにいる。

ニューヨークでのあの夜、彼はついに彼女との過去の記憶を断ち切る覚悟を決めた。人生をやり直すために、恋人を作るために。しかし、いきなり彼女が現れ、一気に四年分の記憶がよみがえったのだ。

つい先ほど、彼はレーナとの会話を終えたばかりで、彼女に言われたことを思い返す。

〝セイディは、家の掃除と洗濯はお手のものね。でも、クイン――〟

レーナがそれ以上何か言おうとする前——たとえば、ソルに似た女性が現れたことを問いつめられる前に、彼は会話を打ち切った。それ以上、クインが何も言わないとわかると、レーナは自分の家に帰っていった。

彼は、自分の本当の家族よりも家族同然のふたりに何か大きなことを隠しているという自覚と、息子の母親が家の雑用をするという事実に良心がうずくのがいやだった。それらすべてが、心のなかに残っていた怒り、傷、混乱、不信感、そして欲望とまざり合い、不安定な混合物となった。

彼はグラスの中身を飲み干し、蝶《ちょう》ネクタイを外した。窮屈さを感じて、シャツのいちばん上のボタンも外す。落ち着かない。このまま酒を飲んで考えこんでいるか、自分の脇腹にとげのように突き刺さっている女性と対峙《たいじ》するか、どちらかを選ぶしかない。

彼は上着を脱いで椅子に置き、ガラス戸を開けて外に出た。空気は暖かく、柔らかい。庭を歩き、ゲストハウスに近づくにつれ、聞き覚えのある音楽が聞こえてきた。この四年間、耳にしたことはなかった曲だ。

有名なブラジル人女性ジャズシンガーの官能的な声に包みこまれ、クインは木々の間で立ち止まった。一瞬、彼は自分が正気を失っているのではないかと考えた。セイディが自分の人生に戻ってきたのは幻覚で、この曲も幻聴なのだろうか。セイディはこの女性シンガーが大好きで、いつも彼女の曲をかけていた。セイディはこの音楽を聞きながらソルを出産したのだ。

彼はゲストハウスのすぐそばまで前進を続けた。明かりは灯《とも》っていたが、窓の向こうにセイディの姿は見えなかった。玄関のドアが開いているから、音楽がよく聞こえるのだろう。なかに入ると、彼女のにおいがした。彼は書斎の音響システムに向かい、オフのボタンを押した。静寂が彼を包んだ。

そのとき、背後から声が聞こえた。「以前あなたは、わたしが彼女の曲ばかり聞いていると言っていたわね」

振り返った瞬間、クインの頭に血がのぼった。セイディはベルトつきの短いローブを着て彼の前に立っていた。ローブの裾からは長い脚が覗いていて、肌は真っ白だ。髪は湿り、金色の束となって肩のあたりでまとまっている。

「泳いでいたの。構わないかしら?」

彼はセイディから目を逸らすことができなかった。ローブの合わせめから、ふっくらとした胸の谷間が見えた。

熱い血が彼の血管を駆け巡った。あれから、とても長い時間が経っていた。彼女は四年もの間、うずきや欲求を募らせる性的な夢を見せつづけ、クインを苦しめていた。それに、どうして何も言わずにいなくなってしまったのかという、終わりのない質問にも苦しめられてきた。しかしいま、答えてくれる者は目の前にいて、実際に理由を訊ねることができるのに、ひねくれたことにクインは知りたくなかった。まるで、理由を知ってしまったら、もう何もしがみつくものがなくなると直感したかのようだった。

憎しみ。正当な怒り。痛み。喪失感。この四年間、それらがクインを支えてきたのだ。

彼はまるで磁力に引かれるように、彼女へと近づいた。そうせずにはいられなかった。彼女は目を見開いて彼を見つめた。彼が溺れてしまった、あの魅惑的なブルーグリーンの瞳で。しかし、もうだめだ。もう二度と溺れることはない。

「クイン、話しましょう。今夜はソルがいないから、いまがいいと思うの」セイディが静かに言った。

クインがセイディの腕に手を置くと、それ以上の言葉は続けられなかった。よかった。彼はもう、彼女からの言葉など望んでいなかった。「いまは話したくない。ぼくが欲しいのはこれだけだ」

クインはセイディの体を引き寄せた。彼女は欠けたジグソーパズルのピースのように、彼の体にぴったりとはまった。彼は目を閉じて、彼女の唇に自分の唇を寄せた。すると、彼のなかのすべてが、熱と炎と憧れ、そして耐えられないほどの欲求に変わった。とても長い時間が経ったけれど、彼女を欲する気持ちは決して消えていなかったとわかった。

彼女に屈した自分の弱さなど、ふたりのキスの炎で一瞬にして気にならなくなった。

5

セイディは長い間、身動きできずにいた。それは、久しぶりに彼の腕のなかにいることへの驚きからだった。彼の唇が彼女に触れた衝撃は、慣れ親しんだものでありながら、まったく新しいものだった。そしてその衝撃は、すぐに欲望と飢えに取って代わられた。それはとても深く、貪欲な欲求だった。数秒のうちに、彼女はクインの首に腕を回し、キスに応じられるようにできるかぎり背伸びした。

ふたりの体は溶け合い、激しく燃える欲望のかたまりとなった。クインの手がセイディのローブを無造作に脱がせると、そのまま指先が水着のストラップを押し下げた。濡《ぬ》れた布地が床に落ちる。

クインはキスを中断して体を離した。彼のまなざしが彼女の肉体を貪るように見ても、裸であることになんの抵抗も感じなかった。彼が欲しくてたまらない。衝動に駆られ、彼に手を伸ばしてシャツのボタンを外した。

彼のもとから立ち去ったのに――頭のなかで小さな声がそうささやいたが、セイディはその声を無視した。明らかにクインは彼女の話を聞く準備ができていないし、彼女もまだ彼に話す準備ができていない。ふたりの間には言葉にできないことがたくさんあり、たぶんこれが、いまのふたりの関係を和らげる唯一の方法なのだろう。

クインもいまや裸だった。セイディは、彼がズボンや下着を脱いだことに気づいていなかった。もしかしたら気づいていたのかもしれないが、気にしなかった。彼女はようやくまた息ができるようになった気がした。

セイディは手を伸ばして彼の胸に触れた。そして、筋肉質な腹部や引きしまった腰を見つめたあと、堂々とした中心部へと視線を移した。そこはすでに、彼女のためにこわばっていた。

「いますぐきみが必要だ」クインはセイディの手を取り、寝室へと導いた。ほんの一瞬、彼はバスルームに姿を消した。セイディはベッドの端に腰を下ろし、全身を震わせた。こんなことが起こるなんて信じられない。夢を見ているのだろうか。

バスルームから出てきたクインの筋肉質な体は、薄暗い照明に照らされてブロンズのように輝いていた。彼はいつも裸でいることにとてもリラックスしていた。それは、彼がどんな男性よりも美しいからだけでなく、セイディがいつもうらやましく思っていた生来の自信があるからだ。

あとになって彼女は、それがアメリカでもっとも尊敬されている一族の一員として育ったことからくる自信だと知った。彼が彼女に隠していたことだ。隠されていたと思うだけで心が痛んだ。ふたりには話し合うべきことが山ほどある。けれど、彼女は弱々しくそれらの考えを振り払い、クインが自分のものに避妊具をつけるのを見つめた。

セイディは、バスルームに避妊具が置かれていたのを知らなかった。彼は女性たちを連れてくるとき、このゲストハウスを使うのだろうか。きっとそうに違いない。家庭と私生活を分けておくためだ。彼がここに女性を連れてくると考えるだけで胸にナイフが突き刺さったように痛みを覚えるが、もちろん彼女に傷つく権利はない。

「ベッドに上がるんだ」彼は言った。

セイディはどうにか手足を動かすことができた。彼女はベッドの上で仰向《あおむ》けになり、かつての行為を思い出しながらクインが近づいてくるのを見つめた。とても強烈な記憶に、彼女は身震いした。またあの行為に耐えられるだろうか。準備できているとは思えないけれど、酸素が必要なのと同じように、この行為が自分には必要だとわかっていた。呼吸を続けるために。生きつづけるために。

「きみは変わってない」掠《かす》れた声で彼が言った。

セイディは反論したかった。以前とは別人のように感じていたからだ。クインとソルから離れなければならなかったとき、彼女は心が折れ、その傷が癒えるかどうかわからなかった。しかし、彼はそんなことなど聞きたくないだろう。

「あなたも変わっていないわ」その代わりに、彼女はそう返したが、なぜか気恥ずかしかった。

ふたりのまなざしがまじわった。クインの瞳に浮かんだ感情の渦に、息をのみそうになった。おそらく彼も、以前と同じではいられなかったのだろう。

これ以上考え事が頭に侵入し、この瞬間が奪われるのを防ぐため、セイディは彼に手を伸ばした。

「お願い、クイン。あなたが必要なの」

クインがためらう素振りを見せたことで、血の凍るような恐怖を数秒間味わった。彼は最後の瞬間に屈辱を与えるために、彼女をこんな窮地に追いこむつもりだったのではないかという恐怖だ。

しかし、クインがためらったのは、ほんの一瞬だった。彼は彼女の背中に腕を回し、自分のほうへと引き寄せた。セイディは両脚を広げ、自分が何を望んでいるかを暗黙のうちに告げた。すると、すぐにクインが彼女のなかに滑りこんできた。

セイディはその感覚に息をのんだ。彼女はそれがどんな感じかを忘れていたのと同時に、何も忘れていなかった。あれから四年も経《た》っていたので、痛みに近い感覚だった。

クインは動きを止めた。「セイディ？」

だが、彼女はすでに、自分の体が彼を受け入れ、彼のかたちを学び直したのを感じていた。

「大丈夫よ。だからお願い、やめないで」息も絶え絶えに告げると、ゆっくりと彼は動きだした。セイディはしばらくの間、彼の肩に頭を埋めてじっとしていなければならなかった。なぜなら、クインはいままでベッドをともにした唯一の男性であり、これからも――永遠にそうでありたいと願っていると、彼に気づかれてしまうかもしれないからだ。

でも、それはいまのセイディが見る権利のない夢でしかない。彼女に与えられたのは、いまこの瞬間だけなのだ。

ありがたいことに、ふたりの動きがより速く、より貪欲になるにつれて、体の感覚は感情を覆い隠していった。汗が彼らの肌を濡らし、セイディの体は期待に昂《たかぶ》った。

熱狂がふたりを襲い、セイディは以前の経験から、自分にできるのはただそれに身を委ね、流されることだけだとわかっていた。

そして、まさにそのとおりになった。クインが深く入ってくると、セイディは背中を反らせ、両足と両腕を彼に巻きつけた。全身が砕け散ったようになり、快楽の破片が無数に飛び散った。

クインの大きな体が彼女の上でこわばり、彼が解き放ったのを感じた。次いで、彼は彼女の上に倒れこむと、顔を首に埋めた。その瞬間、セイディはこの四年間で初めての安らぎを感じた。

セイディが目を覚ましたとき、まるで眠りの層をいくつも重ねたような感覚に襲われた。目を開けて、明るい日差しに目を細めた。広々とした部屋、たくさんのガラス、チーク材。

ゲストハウス。クイン。

瞬時に彼女は目を覚まし、自分がひとりであることに気づいた。彼女はシーツを胸に抱えて起き上がった。ベッドはひどくくしゃくしゃだったが、彼女の横の枕にはへこみがなく、クインがここで寝ていないのは明らかだった。

すべてが一気に思い出された。プールで泳いだ彼女がゲストハウスに戻ったとき、クインが部屋に立っているのを見た。ちょうど彼が、音楽のスイッチを切ったところだった。

セイディはブラジル人女性ジャズシンガーの曲を聞くたびに、サンセバスチャンのビーチハウスでの幸福で平穏な日々に引き戻された。音楽が鳴っていなくても、頭のなかに曲を思い浮かべるだけで、あの日のイメージがよみがえる。ソルが生まれたのとまったく同じ瞬間に、彼女の頭のなかによみがえった記憶と、恐ろしい現実のことを。ふたつの深遠な出来事が同時に起こったのだ。

セイディは頭を左右に振って、過去を振り払った。彼女はいまここにいる。息子と一緒に。正確には一緒にいるわけではないが、彼の世界にいる。そして昨夜は、彼女とクインの間の緊張がぶつかり合った。彼らの状況にはなんの助けにもならない行為だった。

もしクイン側になんらかの感情があったとしても、それは決していい感情ではないはずだ。しかし、彼女にとってそれは信じられないほど圧倒的なものに感じられ、初めて彼と顔を合わせた瞬間に覚えた引力を思い出させた。

クインと知り合う数日前に彼を見かけたときにも、セイディはその引力を感じていた。彼女と同じように、彼は孤独な人物だった。背が高くて魅力的で、とても美しい。けれど、できるだけ彼を見ないように努めた。なぜなら、彼女は誰とも関係を持つ余裕がなかったからだ。それは、あまりにも危険だったからだ。

そう思っていたのに、セイディが働いていた小さなヘアサロンに彼がやってきて、彼女には隠れる場所も、彼を見なかったふりをする時間もなかった。

クインにデートに誘われ、セイディの心は躍ったものの、初めて自分の人生を恨んだ。イエスと答えたいと願ったが、彼女には断るしか選択肢がなかった。翌日、彼はふたたび現れ、彼女をまたデートに誘った。そのときも、断るしかなかった。

そして、次に思い出したのは、サーフィンの事故のあと、病院で目覚めたときのことだった。それ以来、ふたりが離れることはなかった。彼と息子の人生から、セイディが去るまでは。

セイディはベッドから起き上がり、ローブを羽織った。脚の間が敏感になっていて、頬が熱くなった。バスルームに行くと、彼女は冷水のシャワーを浴び、脳になんらかの衝撃を与えて正気を取り戻そうとした。昨夜の行為には意味などなかった。けれど、ふたりの間の欲望は変わらずに強かった。

水を止めると、セイディは少し震えた。おそらく昨夜の出来事は、クインが自分の体からセイディを追い出すのに必要なことだったのだろう。

その日の夜、仕事から戻ったクインは、芝生の上に広がる光景などまったく予想もしていなかった。ジーンズとTシャツ、ぼろぼろのスニーカーを履いて髪をアップにしたセイディが、ソルとサッカーをしていたのだ。

彼は今朝、夜明けとともにゲストハウスを出て、二度とセイディには手を出さないと自分に言い聞かせた。それは、常軌を逸したような瞬間だった。四年間のフラストレーションと、痛みと怒りの積み重ねの時間だった。だからこそ、なんらかの平穏を感じられるようになると期待していた。

しかし、平穏を感じるどころか、彼は一日中セイディに苦しめられていた。四年ぶりに見た彼女の裸体が、脳内でフラッシュバックしつづけた。彼女の体のなかに滑りこむときの感覚や、彼女が見開いた目で彼を見つめた瞬間、初めて愛し合ったとき、ヴァージンだった彼女がどんな目で彼を見ていたかも思い出した。

その日一日、彼の頭のなかには、ある疑問が渦巻いていた。彼女は四年間誰とも寝ていなかったのだろうか。そんなことを気にする自分がいやで仕方なかったが、気にせずにはいられなかった。

セイディは巧みにソルからボールを逸《そ》らした。クインには彼女がうまいとわかった。ソルはそんな強敵を相手に、楽しそうにボールを取り戻そうとしていた。クインは、ソルがボールを奪ってゴールを狙えるように、セイディがボールを逃したふりをした瞬間に気づくことができた。ソルは大喜びで飛び跳ね、セイディは彼の腰をつかんで持ち上げた。そうすると、ストロベリーブロンドのふたつの頭が接近した。

突然、クインの頭はパンクしそうになった。昨晩のこと、それに、いま目にしている光景で。

「ソル、そろそろディナーだから手を洗うんだ」開け放たれたドアからクインが声をかけた。

セイディがソルを抱いたまま振り向くと、アクアマリンのような二組の瞳が、まるで腹に鉄槌《てっつい》を食らわせるように彼を襲った。

彼はまだ、彼女の目的がなんなのかさえ知らない。彼女が四年前に出ていった理由も。けれど、昨夜、彼女に話す機会を与えなかったのは自分だと、頭のなかで小さな声が言った。

苛立《いらだ》った彼は、いつもとは違う鋭い声でふたたび叫んだ。「ソル、いますぐサッカーをやめるんだ」

ソルはセイディの腕から滑り降り、クインを警戒しながら家のなかに入ってきた。父親が息子に厳しい言葉をかけることはほとんどなかったからだ。彼はセイディを責めたい衝動に駆られたが、それは公平な考えではなかった。

「ごめんなさい、わたしのせいね。どれだけ時間が経っていたか気づかなかったの」

彼女のジーンズの膝には泥がついていて、頬の片側も汚れていた。いままで出会った女性たちのなかで、これほど乱れた髪形で人前に出られる人物などいなかった。しかし、セイディは自分の外見を気にしたことはなかった。ただ、月に一度髪を染めるという奇妙な習慣だけはあったが。

「なぜそんなことをするんだ？」彼は一度、彼女にそう訊《たず》ねたことがある。髪を染めれば、彼女の顔色は悪く見えるだけで、そうする理由が彼には理解できなかったからだ。

「とても奇妙なことで説明できないけれど、そうすれば、より安全だと感じるの」彼女の答えは、はっきりしないものだった。彼女は記憶を失っているため、いつか説明がつくかもしれない奇癖だとふたりは考えた。

「いや、気にしないでくれ」クインは過去を押しのけて返した。「きみもディナーの前に手を洗うほうがいいだろう。それに、顔にも汚れがついている」

セイディは顔に手を当て、頬を赤らめた。「わかったわ。でも、その前にいくつか仕事を終わらせないと」彼女はクインが止める前に彼の横を通って家に入っていった。

クインは、さまざまなことに苛立ちと不満を募らせたが、これ以上自分をさらけ出す前にソルの様子を見に行くことにした。ソルは、誰よりも優先すべき存在だ。セイディの存在に気を取られている場合ではない。

ソルとサッカーをしているセイディを見つけたときのクインの目は、まるで彼女を引き裂こうとしているかに思えた。きっとそれは、クインが前夜のことを深く後悔しているからだろう。

ソルと遊ぶべきではなかったのかもしれないが、レーナとともに学校から帰ってきた彼に、一緒にサッカーをしないかと誘われたのだ。まだ家事が残っているとセイディは説明したものの、レーナは構わないと言ってくれた。

彼女の小さな息子は、陽気でいたずら好きで、優しくて面白い。それに、おしゃべりだし、好奇心は尽きない。想像以上にすばらしい子だ。この数時間で、セイディがいままで耐えてきた傷や痛みの多くが、ソルのおかげで癒やされた。

セイディは洗濯物の整理を手早く終わらせて、リビングダイニングに向かった。クインの非難の表情にふたたび遭遇した場合に備えて気を引きしめたが、そこにいたのはロベルトだけだった。

「もうすぐディナーの準備ができますよ」彼は笑顔で言った。

セイディは複雑な気持ちになった。いくら彼女がソルともっと一緒に過ごしたいと思っていても、自分がこの家で歓迎されていないのはわかっていた。ソルは昨晩は出かけていたし、クインは間違いなくソルを独り占めしたいと思っているだろう。

彼女は無理に微笑《ほほえ》んだ。「ありがとう、でも今晩はゲストハウスで食べるわ」

ロベルトとレーナは一緒に食べればいいと言ってくれたが、セイディは譲らなかった。すると彼は、シチューを容器に入れてくれた。セイディはそれを受け取り、ふたりの優しさに感動した。

ソルがやってくる前に、セイディは急いで訊ねた。「あなたとソルの日常を、わたしは邪魔しすぎてないかしら」

年上の女性は首を横に振った。「そんなことないわ。あなたがここにいてくれてよかった」

セイディは唇を噛《か》んでから、ささやいた。「ありがとう。いまの言葉が、わたしにとってどれほど大きな意味を持つのか、きっとわからないでしょうけど、お礼を言わせて」

レーナはセイディの手を握った。「子どもから離れることができる女性もいる。でも、わたしはあなたがそうだとは思わないわ。あなたがしたことには、きっとちゃんとした理由があったはずよ」

彼女がソルの母親であると気づいていたレーナの言葉に驚き、セイディは言葉を失った。ようやくなんとか返事ができると思ったときには、レーナは小さくウインクして姿を消していた。

セイディはゲストハウスに戻った。彼女はここに来てまだ二、三日しか経っていなかったが、この場所はすでに、彼女が行ったことのあるどこよりも自分の家のように感じられた。彼女とクインのパラダイスのようだった、サンセバスチャンのビーチハウスを除いては。

彼女は決して、あの家から離れたくなかった。出産のためにサンパウロに行くのさえいやだった。しかしクインは、出産のリスクについて奇妙なほどに偏執的だったため、行かざるを得なかった。

あの当時の彼女は記憶喪失だったにもかかわらず、ビーチでの繭に包まれたような生活から抜け出して大都市に行くのは危険だと、本能的に悟っていたのだろう。そして、大都市に行ったことが彼女の記憶の回復を早めたのかもしれないし、その後、ソルの誕生によって完全に記憶が戻ったのかもしれない。

ゲストハウスにいる彼女は、母屋の明かりがかすかに見える木々のほうを見ないように努めた。この四年間、町や都市を歩き回り、多くの家族が一緒にいる光景を垣間見《かいまみ》ながら、あまりにもたくさんの昼と夜を過ごしてきたので、ふたたび自己憐憫《れんびん》に浸るつもりはなかった。いまの彼女は自由だし、息子の近くにいるのだから。

今後も自分は、ずっとこんなふうに彼らの生活の片隅に存在するしかないのだという考えが頭に浮かび、高まるパニックを抑えた。この生活だってじゅうぶんだと、自分に言い聞かせるしかなかった。

しかし、何時間経ってもセイディは落ち着かなかった。心のなかでは、クインに何が起こったのかを伝えたいという気持ちが高まっていた。彼は知らなければならない。いますぐに。母屋にはまだ明かりがついているのが木々の間から見えた。けれど、彼女はそこに行くのをためらった。とくに、クインがディナーを一緒にとろうと誘う様子はなかっただけに、なおさらだ。

だが、彼女は気乗りせず、不安を感じながらも、Tシャツの上に薄手のカーディガンを羽織ってゲストハウスを出た。母屋に着くと、あたりは静まり返っていた。ソルはベッドにいるに違いない。クインも寝ているのだろうか。そのとき、彼のオフィスから物音が聞こえた。ドアの一部が開き、光がこぼれていた。心臓をどきどきさせながら、その音のほうに向かった。逃げ出したい衝動を抑えた。いまこそ、話すべきときだ。

セイディはドアを軽くノックした。

「もう寝る時間だと言っただろう、ソル」

「ソルじゃないの。わたしよ」ドアを開けたセイディをクインが見た。

彼はただ長い間彼女を見つめてから、ゆっくりと口を開いた。「なぜディナーに来なかったんだ」

彼女は寂しさの余韻を押しのけた。落ちこむなんてばかげている。この四年間、彼女は自己憐憫に屈することはなかったし、これからもそうするつもりはない。

「ソルは昨夜は留守だったから、あなたたちふたりには一緒に過ごす時間が必要だと思ったの」そして、ソルの不在中にふたりは愛し合った。そのことを思い出すと熱がこみ上げそうになった。だけど、彼に触れてほしくてたまらなかったからここまで来たのではない。なぜ去ったのかという重荷を下ろしたかったからだ。

「気にすることはなかったのに」クインはそう言うと、顔をしかめた。「どうかしたのか?」

セイディは深く息を吸った。彼女がいま本当にしなければならないことはひとつしかない。「何が起こったのか、話し合う必要があると思う」

クインの表情がこわばった。「あれは間違いだった。もう二度としない」

セイディは混乱した。けれど、すぐに彼が何を言っているのかに気がついた。彼は、昨夜のことを言っているのだ。胸に痛みが走った。

「あなたが先に動いたのよ」セイディは身構えた。

「それはわかっている。ある種のフラストレーションが溜《た》まっていたのだと思う」

彼は、ふたりの間には多くの問題があったにもかかわらず、都合がよかったから彼女とベッドをともにしただけなのだ。「ということは、あなたには恋人がいなかったということ?」

「自分のことに割けるような時間はなかった」

セイディは話が大きく逸れていることに気がつき、首を左右に振った。「昨夜のことを話しに来たんじゃないの。あなたはわたしの言ったことを誤解しているわ」

「それなら、何を話しに来たんだ」

セイディは気を引きしめた。「四年前、どうしてわたしが去ったのかを話すいい機会だと思ったの」

しばらくの間クインは何も言わなかった。いまさら説明されたってもう遅すぎると彼が言うのではないかと、彼女は半ば予想した。

「そうだな」しかし、彼は彼女に入るよううながした。

彼のホームオフィスに入るとセイディは緊張したが、もう引き下がることはできなかった。以前この部屋を見たときは、それほど細かいところまで気にしていなかったが、いまは色とりどりの絨毯《じゅうたん》が敷かれた堅木張りの床に気づいた。床から天井までの棚には本がぎっしりと並んでいる。大きな机と、たくさんのコンピューターや機器がある。感動的なことに、部屋の片隅には子ども用のテーブルと椅子があった。クインが仕事をしている間、ソルがそばにいる証拠で、息子を歓迎している証《あかし》だろう。

クインは机の反対側に回り、腕組みをして彼女を見た。「じゃあ、話してくれ、セイディ」

感情を表に出さずに言った彼を前にして、勇気が必要だった。「何か飲み物はあるかしら」

彼は部屋の隅にあるドリンクキャビネットに行き、濃い金色の液体をふたつの小さなグラスに注《つ》いだ。そして、彼女にグラスのひとつを手渡した。

セイディはグラスの中身を飲んだ。苦い液体が喉を通り、腹のなかへと流れこんでいくのを感じると、少しずつ気持ちは落ち着いていった。

「きみはウイスキーをあまり好まなかったな」

彼は覚えていてくれたのだ。他には、どれだけのことを覚えているのだろうか。楽しかったことだけを覚えているのだろうか。それとも――。

クインは彼女の手から空になったグラスを取り上げた。「もう一杯飲むか?」

セイディは首を横に振った。「いいえ」

彼はグラスを置くと、ふたたび腕組みをした。

「それで?」

クインがよそよそしい態度をとっているなかで説明しはじめなければならないのは、信じられないほど気が重かった。

「そんな目でわたしを見ないでくれる?」

「そんなとは?」

「ついニ十四時間前に愛し合ったときみたいに――」

そう言いたかったが、セイディは首を横に振った。

「なんでもないわ。緊張しているの。座ってもいい?」

「もちろんだ」

クインは緊張のあまり、全身が砕け散りそうに感じた。意識的に呼吸を整え、筋肉をリラックスさせなければならなかったが、セイディを見ると求めずにはいられないだけに、それは難しかった。〝あれは間違いだった。もう二度としない〟そう彼女に告げたばかりなのに、彼の体は同意してくれそうにない。

彼女はいま青ざめ、信じられないほど弱々しく見えた。着古したスウェットパンツとTシャツを着て、カーディガンを羽織り、髪は乱れている。けれど、とても魅力的だ。

セイディが夕食に来なかったとき、クインはそれでいいのだと自分に言い聞かせた。彼女が彼の生活にふたたび現れて以来、自分をコントロールできているとは感じていなかった。昨夜がその証拠だ。だから、彼女をディナーに呼びたい気持ちを無視し、息子の失望に気づかないように最善を尽くした。しかし、木々の間から見えるゲストハウスの明かりが気になって仕方なかった。

ソルを寝かしつけたあと、クインはオフィスに閉じこもらざるを得なかった。セイディのところへ行きたい衝動があまりにも強かったからだ。そしていま、彼女がなぜふたりの人生から去っていったのかを告げようとしているときでさえ、彼はまだ完全に集中できなかった。

セイディは明らかに彼と同じように緊張している。彼はなんでも話していいと安心させるために、彼女を自分の膝に乗せて間近に感じたいという衝動を抑えた。彼女が生まれたばかりの赤ん坊と彼を置き去りにした理由を告げるときには、頭をはっきりさせておく必要があるからだ。クインが知るかぎり、彼女がなぜそんなことをしたのか、正当化できる理由などこの世にないのだから。

「これからあなたに話すことは、信じられないほどばかばかしく聞こえるかもしれない。でも、全部本当のことなの。約束するわ」

セイディの魅力的な瞳に、クインの胸が締めつけられた。しかし、この瞬間、クインが知っている唯一の真実は、彼女の口からどんな薄気味悪い話が飛び出そうとも、二度と彼女を信用しないということだった。

彼は椅子の背にもたれ、緊張した手足を無理やりリラックスさせた。「続けてくれ」

6

　セイディはじっとしていられなくなった。彼女は立ち上がり、歩きはじめた。どう説明しはじめればいいのだろう。

「セイディ？」

　彼女は身を乗り出しているクインを見た。ようやくだ。もう隠れたり先延ばしにしたりはしない。彼女は歩き回るのをやめて、息を吸った。

「わたしたちがブラジルで出会う前の年、わたしはロンドンのとても裕福な男性の家で働いてたの。何十人もいたメイドのうちのひとりだった。その家はいままでに見たこともないくらい、大きくて豪華だったわ。雇い主のアルマディはイギリス人ではなく、どこの国の訛《なま》りかもはっきりしなかった。使用人たちはほとんど彼に会わなかったけれど、いずれにせよ、わたしたちは彼を見ることは許されていなかったの」

　彼女はまた歩きはじめた。

「ある日の夕方、わたしはランチで使った食器が彼のオフィスから片づけられたか確認するのを忘れたのに気づいたの。彼はそういうことに厳しい人だった。もう帰る予定だったし、次のシフトの女性に迷惑をかけたくなかったから、帰宅前にオフィスに寄ってみたの」

　震えそうになる声を必死に抑え、彼女は続けた。

「オフィスの前まで行くとドアが少し開いていたから、わたしは押し開けた。アルマディが、わたしに背を向けて部屋のなかにいた。わたしは、自分が何を見ているのか理解するのに少し時間がかかった。目の前の床には、両手を後ろで縛られ、膝をついている男がいた。彼は懇願していた……顔が見えても……誰なのかわからなかったけど、とても若かった。家主がズボンの後ろから何かを取り出し、男の額に当てているのが見えた。そして、大きな、しかしくぐもったひび割れのような音がした。最初はそれがなんの音なのかわからなかった。とても奇妙な音だったわ。でも、すぐにアルマディが、ためらいもなく彼を撃ったのだと理解できた。彼の額の痕や、後ろに倒れた様子が、いまでもありありと思い出せる。それに、彼の頭の周りに広がる真っ赤な血も……」

セイディは歩き回るのをやめてクインを見たが、彼の表情をあまり気にしていなかった。

「アルマディが振り向いたから、きっとわたしは何か音をたてたのね。彼はまだ銃を握っていて、銃口はわたしに向けられていた。彼はすぐに、わたしがただのスタッフであることを理解したようだった。そして彼は、わたしには家族もしがらみもないことを正確に知っているような気がしたの。彼がわたしを撃っても、誰にも知られない。だから、わたしは走った。家を出て、門をくぐって道路に出た。わたしが走りつづけていると、男にぶつかって、そのままバンに押しこまれたわ。アルマディの部下だと思い、恐怖でいっぱいになった。でも、それは警察の専門部隊だった。彼らは家を監視していて、わたしが逃げてくるのを見たの」

クインは彼女を見ていた。彼の表情は厳しいものだった。「その話には続きがあるのか？」

彼が信じていないとわかった。セイディはふたたび椅子に座り、両手を膝の上で組んだ。「その後、わたしは警察署に連れていかれた。アルマディは、組織犯罪の世界では有名な人物だと聞かされたわ。それまでは、彼自身が何かをして捕まったことはなかった。彼が自分の所有地で誰かを殺害しているところを目撃されたことが、警察にとって大きなチャンスとなった。でも、彼は捕まる前に国外逃亡してしまった」

セイディは立ち上がり、また歩き回った。

「その家とそこにいる人たちが何か変だとは思っていたものの、通っていた美容師学校の学費を稼ぐためだけのバイトだったから、あまり気にしていなかったの。アルマディの奥さんは見た目は完璧だったけれど、もろくて、触ると粉々になりそうな感じだった。彼の子どもたちは、いつも寄宿学校にいた。アルマディの直接の部下たちは、わたしのようなスタッフとは違い、冗談を言い合ったりおしゃべりしたりすることはなかった。アルマディはほぼその家にいなかったから、わたしたちはほとんど汚れのない家をいつも掃除していた」

セイディは口元を歪《ゆが》めた。

「お給料は現金払いだった。もしわたしが世間知らずでなく、お金に困ってもいなかったら、そのことに疑問を持ったでしょうね」

彼女はまた腰を下ろした。

「殺人を目撃し、写真を見せられて被害者を特定できたので、警察から、アルマディを捕まえて裁判にかけたら証人になってほしいと頼まれた。わたしに話しかけてきたのはイギリスの刑事だけでなく、フランス、スペイン、アメリカの刑事もいたわ。彼らは、たとえわたしが証人になるのを断ったとしても、まだ危険にさらされていると言った。アルマディがわたしを追いかけてくる。だからわたしは、いつか証拠として使えるように、自分の供述をビデオに撮ることに同意した。そして、彼らがわたしを守る唯一の方法は、証人保護プログラムに参加することだったの」

今度はクインが部屋のなかを歩きはじめた。セイディはふたりの周囲で、不安定なエネルギーがぱちぱちと音をたてているのを感じた。やがて彼は立ち止まると、頭を左右に振りながら彼女に向き直った。

「ストーリーを考えるのに四年もかかっているのに、メロドラマの筋書き以上のものを思いつかなかったのか？」

セイディはがっかりするのと同時に、怒りを覚えながら立ち上がった。「わたしが昔見た悪夢のこと、覚えてる？　あれは、あの男性が殺されるのを実際に見ていた記憶よ。ただ、当時のわたしには、それがなんなのかまったくわからなかったの」

「言い訳なんて、いくらでも考えつく。四年前のことなんだから」クインの顎がこわばった。「つまり、きみは証人保護プログラム下にいたことを思い出せなかったから、ぼくと一緒にいたと言っているんだな」

「そのとおりよ」セイディは、この話が空想的に聞こえることを認めざるを得なかった。しかし、それが彼女の現実だったのだ。


「いつ記憶が戻った？」クインは訊《たず》ねた。

クインは彼女を信じはじめているのだろうか。そうは見えなかった。どちらかといえば、彼の表情はさらに疑念に満ちたものになった。

「ソルが生まれた日よ。その日、わたしはすべてを思い出したの。病院のあるサンパウロに行って、何かが刺激されたんだと思う。街に行くのは危険だと本能的にわかっていた……監視カメラが多すぎるから。警察には、迷子にならない程度の規模で、目立たない場所にいるようにと言われていた。だから、サンセバスチャンは完璧だった」クインが何か言う前に、彼女はこう訊ねた。「サンセバスチャンのアパートメントにわたしの過去につながるものがなかったのはなぜだと思う？　それに、どうしてオンラインにわたしの痕跡がなかったのかは？」

「きみの本当の名前は？」

セイディの胸が締めつけられた。「ルーシー・ホワイトだけど、もう何年もルーシーじゃない。セイディよ」なぜなら、クインと出会ってソルを産んだとき、彼女はセイディだったから。彼女がなりたかった姿こそが、セイディだったから。

「きみの家族はどこにいるんだ？」

「両親は、わたしが赤ん坊のときに車の事故で死んだの。無傷だったわたしは養子に出され、五歳ごろまである家族のもとで暮らした。でも、その家族に問題が起こって、今度は里親の家に預けられた。年齢が高くなるほど、養子縁組は難しくなるの」

セイディは、自分が養子縁組されるほど養父母にとってじゅうぶんでなかったことを思い出し、その痛みを隠そうとした。彼女は、疎外されたという気持ちをずっと抱えて生きてきた。記憶を失っていたとはいえ、クインと過ごしていたときだけは、自分の居場所を見つけたように感じていた。

「わたしは記憶を失っていて、自分が誰なのかもわからなかった。あなたは自分が誰なのか知っていたのに、わたしがあなたから自分の過去を隠していたように、あなたも過去を隠していたのよね」

「ぼくのことを調べたのか？」

セイディはうなずいた。「ええ。あなたとソルを見ていたかったから、オンラインであなたを見つけられるかどうか確認したの」

「ぼくはきみに、嘘《うそ》をついたことなどない」

「そうかもしれないわね」セイディは認めた。「でも、わたしもあなたに嘘をついたことは一度もないの。もしわたしが記憶を失っていなかったら、嘘をつかなければならなかったかもしれないけど」

「なぜこんなメロドラマをやめて、本当のことを話してくれないんだ。きみは子どもを産んで、自分が家庭生活に向いていないことに気づいて逃げた。そして、ぼくが財産を築いたと知った途端、そこから何が得られるかを確かめるために戻ってきた。それを素直に認めて、みんなの時間を節約したらどうだ?」クインは疲れたように言った。

クインの言葉は、セイディの肌に棘《いばら》のように突き刺さった。その傷は彼女の全身に重くのしかかった。「そんなことはしていないわ」

いまの話を証明する方法はひとつしかない。「あなたのコンピューターを使ってもいい?」

彼は少し顔をしかめた。「ああ」

セイディは机の反対側に回ってクインの椅子に座った。インターネットの検索エンジンを開き、名前とそれに付随するニュース記事を検索した。そして紙に名前と電話番号を書き、その人物の経歴を引き出すと、複数のタブを開いたまま立ち上がった。

彼女はモニターを指さした。「わたしの雇い主だった男が率いていた組織犯罪グループの殺人事件と、崩壊に関するニュース記事を読むことができるわ。それから、インターポールの情報も。わたしの証人保護担当官だった人物に電話してもらっても構わないわよ。もし彼女が実在する人物だと信じないなら、スコットランドヤードでの経歴を見てちょうだい」

彼女はふたたび机を回り、クインの前に立った。「そこに書かれていることが、あの日わたしが去った理由よ、クイン。もしわたしが立ち去らなかったら、そしてもし彼らがわたしを捜し出したら、わたしたちはみんな死んでいたでしょうね。わたしがいまここにいる唯一の理由は、あの男やその一味にかかわった人々がみんな死んだからよ」

そう言って、セイディは部屋のドアに向かったが、ドアを開ける前に立ち止まり、振り返った。「念のために言っておくと、わたしはあなたと付き合って以来、他の誰とも付き合っていないわ。それをあなたに知ってほしかったの」

そしてまた彼に背を向けると、セイディはドアを開けて部屋を出ていった。

クインはどれくらいの間、ドアを見つめて立っていたのかわからなかった。セイディが残した空虚な空間を。いや、セイディではない。ルーシーだ。

彼女が話したことは、アメリカの昼メロのくだらない脚本のようだった。ばかげている。しかし、彼の頭のなかで反響していたのは、無意味な言い訳の言葉ではなかった。〝他の誰とも付き合っていない〟そう告げた彼女の言葉が、もっとも重要なことのように頭のなかでくり返された。その告白を聞いたときに感じた満足感を、彼は否定できなかった。

彼は頭を左右に振った。集中するんだ。

セイディは精神を病んでいるのかもしれない。この空想的な説明を作り出し、それを信じているのだろう。なぜなら、彼女は確かに自分の話す言葉を正しいと思いこんでいるように見えたからだ。彼は自分の不信感を何度か疑ったほどだった。

一般的に言われているのは、話が詳しくなればなるほど、真実である可能性が高くなる。なぜなら、その量の虚偽の詳細など、誰も覚えられないからだ。いや、そんなことがあったわけない。彼は人生でこれほど複雑な話を聞いたことがなかった。

クインは机に向かって座り、モニターを見た。すると、いちばん上のタブに表示された〝悪名高い犯罪組織のボスが自分の部下に殺された！〟というセンセーショナルな見出しと、犯罪現場の画像――地面に倒れている男の死体が目に入った。

クインは衝撃を受けた。この男について聞いたことがあった。彼は有名な億万長者の実業家であり、慈善家でもあった。彼の富の出所や犯罪行為とのつながりの噂《うわさ》はずっとあったが、それが証明されたことはなかった。別のタブには、彼があらゆるインターポールのリストに載っていて、情報提供者には高額の報奨金が支払われると書かれていた。また、身の安全のために保護された匿名の証人についての短い文章もあった。もうひとりの有名な犯罪者を殺害した事件に、彼が関与したと証言できる証人だ。

コラムには、犯罪組織のボスがいかにロンドンでも有数の高級住宅街に住み、王族と交際し、子どもたちをヨーロッパで最高の学校に通わせていたかが書かれていた。当局が何年も彼を監視してきたが、彼の汚い仕事を行う広大なネットワークがあったため、何も突き止めることができなかったと書かれていた。

ルーシー・ホワイト。彼女は本当に、無邪気で素朴な若い女性で、何も知らずに悪名高い犯罪組織のボスのために働いていたのだろうか。もしかしたら、彼女は犯罪組織の一員で、自分が知っていることを告白すれば、組織から抜け出せるという取引に応じたのかもしれない。

クインの頭はずきずきと痛んだ。彼は友人のクロードに電話をかけた。かつてクロードは、クインと父親に血のつながりがなかったことがわかったとき、家族の騒動から逃れて身を隠す手助けをしてくれた、信頼できる人物だ。そのときに、クインはそれまでの人生をすべて捨て、自分の運命は自分の手で切り開こうと決意した。

彼は友人に最低限の礼儀を持って挨拶し、詳細を伝えた。「この件について調べてもらえないだろうか。それから、ルーシー・ホワイトのことも。もし彼女が事件に関与していたら教えてほしい」

「ずいぶんと変わった依頼だな。大丈夫なのか？」

「何も問題はない。ありがとう、クロード。恩に着るよ」自分の子どもの母親が犯罪組織と関係があるかもしれないのを明かさず、彼はただこう言った。「何かわかったらすぐに連絡する」

通話を終えたクインは苛立《いらだ》ち、落ち着かなかった。何を考えればいいのかわからなかった。彼がかつて見ていたのは、セイディの大きな目と、彼女がいかに無邪気に見えるかだけだった。彼女は本当に記憶を失っていたのだろうか。そう疑問に思うのと同時に、良心が痛んだ。彼はセイディの頭痛を思い出した。頭痛を起こすたびに、あまりの痛みに彼女の顔は青ざめ、汗だくになっていた。そして、頻繁に見ていた悪夢だ。彼女はよく悲鳴とともに目を覚まし、ひどく怯《おび》えていた。〝血が流れている……こんなに大量の血を見たことがない〟何度もくり返しそう言ったセイディを、腕に抱きしめていたこともクインは思い出した。とても偽りとは思えない様子だった。いや、それとも演技だったのだろうか。

クインは勢いよく立ち上がった。ここに座って悩み、自分を苦しめるようなことはしたくない。明日、彼はセイディを問いつめ、彼女の話に欠陥を見つければいいだけだ。そしてクロードが、セイディが見かけどおりの人間ではないという証拠を見つけたら、完全に彼女から手を引けるだろう。

翌日、セイディはソルのバスルームを掃除していた。昨夜のことを考えないために、忙しくしていたかったのだ。今日はまだクインに会っていない。いま彼女は、不思議なほど空虚だった。クインにやっと何が起こったかを話したあと、もっとほっとしたり、幸せな気分になったりすると思っていた。けれど、明らかに彼は信じてくれなかった。

話したって、何も変わらない。しかし、少なくとも彼に真実をすべて話すことができた。いつか彼は、彼女を許してくれるだろうか。おそらく彼のなかでは、死の脅威さえも、彼女が去ったことへのじゅうぶんな言い訳にはならなかったかもしれない。当時の彼女が感じていたのは、クインやソルに危害が及ぶかもしれないという恐怖だけだった。必要なら、いつだって同じことをするだろう。

近くで物音がして振り向くと、クインがバスルームの入り口に現れた。

「ランチは外で食べる」クインが言った。

セイディは、なぜ彼がわざわざそう言いに来たのか理解に苦しんだ。「あなたとレーナが？　それともロベルトと？」

クインは、まるで彼女が鈍感であるかのように顔をしかめた。「いや、きみとぼくだ」

「まあ」セイディは内心どきどきしたが、愚かな考えは捨てたほうがいいと自分に言い聞かせた。きっと彼は、前の晩の話の続きをしたいだけなのだ。

「忙しいでしょう？　別に出かける必要はないわ」

それに、公共の場で話すよりも、プライベートな空間で話したほうがいいはずだ。

「きみはここに来てから、一度もこの家と庭から出ていない」クインが指摘した。

セイディは、言われて初めてそのことに気がついた。「わかったわ、それなら出かけましょう」

「掃除用具をそのまま置いておけばいい。サラは今日の午後から仕事に復帰する」

セイディは掃除用の手袋を外し、自分の姿を確認して少しうめき声をあげた。恐れていたとおり、顔は汗で光っているし、邪魔にならないようにまとめた髪はぐちゃぐちゃだ。彼女は髪を留めていたクリップを外して、少しでも見栄えがよくなるように指で整えた。

玄関まで行くと、クインが中庭に止められた小さなスポーツカーのそばで待っていた。彼女は胸がひどく締めつけられるのを感じた。「憧れの車を手に入れたのね」

「ああ、そうなんだ」

セイディは手を伸ばし、ルーフのしなやかなラインに触れた。「美しいわ」

「ソルも気に入ってる」

その情報に、セイディは嬉《うれ》しくなった。息子に関することなら、なんでも知りたくてたまらない。

車がサンパウロ郊外の通りに出ると、セイディにとって、日当たりのいい通りを車で走りながら、人々の営みを眺めるのはとても贅沢《ぜいたく》なことに思えた。彼女の人生は中断していたが、いまようやくふたたびはじまった。クインとの関係は複雑で厄介だとしても、息子と一緒にいられるのがいちばん大事なことだった。

驚くほどの感情がわき上がり、彼女は目を潤ませた。

「大丈夫か？」クインが彼女を見て訊ねた。

「ええ、大丈夫よ」セイディはまばたきしながら答えた。「日差しがまぶしかっただけ」

クインは手を伸ばして、サンバイザーを下ろした。

「きみは家の掃除をしていた。そんなことをさせるべきじゃなかった」

「気にしてないわ。何もしないでいるのは好きじゃないの。それに、この四年間、美容師の仕事の合間にやっていたことだから、慣れているのよ」

信号で止まったとき、クインが自分を見ているのを感じた。街の中心部に近づくにつれ、設置された防犯カメラが増えていくことを考えると、セイディは心拍数が上がるのを感じた。彼女は大きく息を吐き出した。そのことを心配しなくなるまでには、しばらく時間がかかるだろう。

「この四年間、どんな生活をしていたんだ？」突然クインが訊ねた。

少し興味があるような口調に聞こえたが、昨夜の話を信じていないのが感じ取れる。信用されていないのはつらいが、クインを責めることはできなかった。話を聞いた彼に、放り出されなかっただけでも幸運だ。

セイディは、固く握りしめていた手を意識的に緩めなければならなかった。「あちこち引っ越したわ。大都市には近づかなかった」

「大都市のほうが、人々に紛れこみやすいんじゃないのか？」

「意外とそうでもないのよ。防犯カメラが多くて、いつ撮られてしまうかわからなかったから。大都市ではなく、それなりの規模の街で暮らしていたわ。オフィスやホテルの清掃をしたり、忙しそうなヘアサロンに、人手が足りないかを訊《き》いてみたりしていたの」

「どこに住んでいたんだ？」

「おもにホステルね。お金に余裕があるときはホテルにも。短期間だけアパートメントを借りたこともあったわ」

「警察からお金はもらわなかったのか？」

セイディは首を横に振った。「仕事を見つけて、自活することが求められていたの。ブラジルに行く飛行機代と、姿を消すためのささやかな資金はくれたけど、それだけよ」

「きみはこの四年間、誰とも付き合っていないと言っていたね」

セイディは彼を見た。彼はそれすらも信じていないのだろうか。彼の横顔はとてもこわばっている。

「そんな余裕はなかった」

「付き合いたい相手はいたのか？」

「いいえ、誰も」

どうしてそんなことができるだろう。セイディは、クインとソルのことばかり考えていた。安全だと思うときはインターネットカフェに入り、オンラインでクインのことを調べ、息子の姿を一目見たいと願っていた。クインが他の女性と一緒にいるのを見ずにすむよう祈りながら。

「もしわたしに選択の余地があると感じていたら、もちろん立ち去らなかったわ。でも、あなたはすばらしい父親になるとわかっていたから、安心してソルを任せられたの」セイディは静かに言った。

クインは、緑豊かな通りの片側にあるビルの駐車場に入っていった。車が止まると、彼は彼女を見た。

「ぼくは一夜にして、母親と父親にならなければならなかった」

セイディは、自分に立ち去ることしか選択肢がなかったと自己弁護したい誘惑に駆られたが、何も言わなかった。明らかにクインは、彼女を信じる準備ができていない。けれど、彼女に彼を責めることなどできなかった。いずれは彼に、信じてもらう必要がある。しかし、いまはまだ、ふたりの間の空気が和らぐとは思えなかった。

7

心地よい音楽が流れるレストランに入ると、そこは信じられないほど洗練されていた。すぐにセイディは、自分の服装がこの場にそぐわないとわかった。

それは、非の打ちどころのない服装をした店員の眉をひそめた顔や、目立たない一角にあるテーブルに案内されるまでにこちらを見た他の客たちの目つきに表れていた。客たちはカジュアルだがエレガントな服装で、女性はシルクやリネンの服、男性はスーツを着ていた。クインの向かいに座ったとき、セイディの顔は屈辱で熱くなってきた。

クインはリネンのナプキンを広げながら、彼女をちらりと見た。「どうかしたのか？」

「どうかしたのか、ですって?」セイディはナプキンを膝の上に広げながら、ぼろぼろのTシャツを隠せればいいのにと思った。「こんな服装だと完全に場違いよ。わたしを辱めるつもりだったのなら、見事に成功したわね」

クインはあたりを見回し、いまだ頬を紅潮させるセイディを見た。「そんなつもりはまったくなかった。すまない、きみに着替える時間を与えるべきだった。ただ思いつかなかっただけなんだ」彼は罪の意識を感じているかのように言った。

彼の言葉を信じたセイディから怒りが消えた。

「あなたはなんの考えもなくこういった場所に入ることに慣れているから、思いつかなかったのね」

彼は鋭い目で彼女を見た。「どういう意味だ?」

「あなたがこういった世界に生まれ、属しているのは事実でしょう? だから、洗練された店に入るのは普通のことだと思っているのよ」彼女は首を横に振った。「どうして家族のことを話してくれなかったの? お兄さまのことさえ話してくれなかったわよね」彼女は、心の傷が声に表れていないことを願った。

「本当にいま、きみはそのことを話したいのか?」

「なぜいけないの?」

しばらくの沈黙のあと、彼は言った。「ぼくは、家族と、そしてあの世界から逃げたからだ。ぼくが誰なのかを知らない人と一緒にいるのは新鮮だった。匿名でいるのが好きだったんだ」

「なぜ逃げる必要があったの?」

クインの顎がこわばり、彼女から目を逸《そ》らした。

「ぼくが当たり前だと思っていたことが、すべて嘘《うそ》だったとわかったからだ」

「あなたのお父さまが生物学上の父親ではなかったということ?」

彼はうなずいた。「兄のように一族の仕事にかかわりたくなかったせいで口論になったとき、初めて知ったんだ。家族のなかで自分が部外者のように感じていた理由がわかったよ」

「わたしが読んだ記事には、あなたは相続権を剥奪されたと書いてあったわ」

　クインは誇らしげな顔で彼女を見た。「ぼくは自分で相続権を放棄し、サンセバスチャンに行って自分の技術関連の仕事をした」彼のまなざしが彼女に注がれた。「そして、きみに出会った」

　そのとき、セイディは首の後ろにちくちくする感じを覚えた。次いで、誰かが彼女の真後ろに現れたことで飛び上がるほど驚き、空のグラスを手で倒してしまった。ウエイターだった。心臓をどきどきさせながら、彼女は謝罪とともにグラスを正しい位置に戻した。突然の恐怖とアドレナリンのせいで、手が震えだした。

　ウエイターはふたりのグラスに水を注《つ》ぐと、去っていった。

　クインは顔をしかめていた。「いまのはなんだったんだ？」

　セイディは恥ずかしさとともにクインを見た。

「ごめんなさい、ただ周りの人に背を向けて座るのに慣れていないだけなの」

　クインはセイディを見た。彼女は青ざめ、手はかすかに震えていた。彼女はふたたび肩越しにちらりと見て、顔を隠すように髪を下ろした。明らかに習慣になっている動作だった。

「席を交換しよう」彼は立ち上がった。

　セイディは目を見開き、彼を見上げた。「いいの？」

「構わない」交換した席にクインが座ると、彼は突然、誰にでもあるはずの原始的な本能に気づいた。背後に何があるのかわからないと危険を感じるという本能だ。確かに、少し無防備になった気がする。

「ごめんなさい。ばかげてると思うだろうけど、つねに周囲に気を配ることに慣れてしまったの。そうせざるを得なかったから」

「きみの言っていたことが真実なら、そうなるだろうね」

クインはじっくり考える間もなく、そう言っていた。セイディが傷ついた表情を浮かべたが、彼女を信頼したいという衝動を抑えた。

セイディは椅子の背に深くもたれかかった。「どうしてわたしがそんな話をでっち上げなければならないの？」

「でも、きみを信用できないんだ」

セイディがそれ以上何か言う前に、ウエイターが注文を取りに来た。クインはセイディの頬に少し赤みが戻ったことに気づき、彼の心のなかの何かがわずかに和らいだ。そんな自分に、彼は眉をひそめた。

ふたりが注文を終えると、ウエイターは立ち去った。

「それで、どうしてブラジルに行くことにしたのかを教えてくれ」

セイディの口元が一瞬引き結ばれたのを見て、クインはテーブルの向こうに手を伸ばし、彼女の柔らかな下唇に指を触れようとする衝動を抑えなければならなかった。以前、ふたりはいつも触れ合っていたが、愛情表現をほとんど受けずに育った彼にとって、そんなことをする自分は驚きだった。セイディが惜しみなく注いでくれた、肉体的、感情的な愛情に応えないわけにはいかなかったのだ。

「信じてもらえないのに、なぜこれ以上話さなければならないの？」

「ぼくは自分の疑念をいったん保留にする」

セイディの視線が彼の背後に広がる店内をちらりと見て、また彼のほうを向いたのがわかった。認めたくはなかったが、そのような反射的な行動は、身についた習慣から生まれたとしか思えなかった。以前一緒にいたとき、彼女はバーやレストランに出かけるのを嫌い、家にこもって料理をするのを好んでいた。

「ブラジルを選んだのは、それ以上の場所が思いつかなかったから。この国なら、見つからないと思ったの」

「きみの証人保護チームは同意したのか?」

セイディはうなずいた。「わたしには家族や恋人とのつながりがなかった。だから、新しい身分証明書と書類を用意したら、彼らは喜んで解放してくれたの。彼らはすでにビデオ証言を撮影していたから、もしわたしに何かあったとしても、彼らの訴訟を台無しにすることはないと思ったのね。彼らはブラジルの警察とも連絡を取り合ったけど、わたしの素性を知らせる程度だった。その後は、ひとりで行動したわ。仕事を見つけ、自活しなければならなかった」

「記憶を失ったきみと連絡が取れなくなったのに、なぜブラジルやイギリスの警察はきみの行方を突き止めようとしなかったんだ?」

「記憶が戻ったあとで連絡したら、警察がわたしの居場所を突き止めようとしていたことがわかったの。携帯電話はなくなっていたし、資源も人員も不足していたせいで、わたしを見つけるためにできることはかぎられていた。わたしはサンセバスチャンに滞在してまだ日が浅かったから、記憶を失う前に彼らに居場所を伝えていなかった。自分の命と安全を守る責任はわたし自身にあって、警察には、助けが必要になったときや、事件の最新情報を得たいときに電話できる場所であること以外に、なんの義務もなかった」

「それで、記憶が戻ったあと、何が起こったんだ?」サラダが運ばれてきて、クインはそれを口に運びながら訊《き》いた。

セイディは食べ物をのみこんだ。「ソルが生まれたあと、あなたが病院近くのホテルに泊まったときに連絡したの。アルマディが北米でわたしを捜しているという情報を聞いたわ。警察は、アルマディが南米まで捜索を広げていないか確信が持てなかった。そして、警察はわたしを見つけられなかったため、行方不明者リストから捜すようになったと言ったわ」クインが何も言わずにいると、セイディは続けた。「アルマディがわたしを捜しているという事実から、他に選択肢がないことがわかった。行かなければならなかったの」

クインがそれを頭のなかで理解しようとしている間に、ウエイターが戻ってきて皿を片づけた。しばらくして、ついに彼は訊《たず》ねた。「なぜぼくに言わなかったんだ？」

「そのことで、とても悩んだわ。話してしまえば、気持ちはらくになったのかもしれない。でも、生まれたばかりのソルを見て、彼がいかに小さくて弱い存在かと思ったの。わたしはただ自分の気持ちをらくにするためだけにあなたに話すというリスクをおかすことはできないし、自分の命だけでなくあなたたちの命も危険にさらすわけにはいかなかった。証人保護チームは、わたしが近づいた人は誰でも標的になるとはっきり言ったわ」

クインは背筋を伸ばした。「でもぼくには何かできたはずだ。ぼくはどんな情報網にもアクセスできるし、きみとソルを連れてどこか安全な場所に行けただろう」

セイディはまっすぐに彼を見つめた。「まず第一に、あなたがどんな情報網にもアクセスできるなんて知らなかったし、そんなことができる力があることも知らなかった。けれど、それを知っていたとしても何も変わらなかったでしょうね。彼らは信じられないような情報にアクセスできて、それは警察組織もかなわなかったわ。もし彼らがわたしの居場所を突き止めたなら、あなたを殺すこともためらわなかったでしょう。そして、ソルも……」

セイディの目はいまや大きく見開かれ、顔色はまた青ざめていた。まるで悪夢をふたたび体験しているかのように見え、クインは、彼女が真実を語っているかどうかはともかく、自分の話を信じていることを認めざるを得なかった。そうでなければ、セイディは舞台に立って演技力で賞をもらうべきだ。

「これ以上、話しても意味がないわ。それが実際に起こったことだと、あなたが受け入れる覚悟ができるまでは」セイディがそう言ったとき、完璧なタイミングでウエイターがメインディッシュを持ってやってきた。セイディはぼんやりと皿を見たけれど、自分が何を注文したのかさえ覚えていなかった。どうやらそれは、ハーブの上に巧みに盛りつけられた魚料理で、季節のサラダとベビーポテトが添えられていた。

それからの数分間、彼女はクインを見るのを避けて食事に集中した。食欲はいくらか消えていたが、温かい食事が出されたときにはそれを食べる機会を逃してはならないと、苦い経験から学んでいた。

空いた皿が片づけられると、コーヒーとビスケットが運ばれてきた。セイディは香り高く濃厚な飲み物を一口飲み、目を閉じてその香りを楽しんだ。彼女がふたたび目を開けると、クインがこちらを観察していた。彼女の頬は熱くなり、カップを置いた。

クインは目を逸らそうとはしなかった。彼は以前、彼女が笑いだしたり、彼の集中を乱そうとするまで、じっと彼女を見つめていたものだ。

一度だけ、ふたりがベッドに入ったとき、彼に訊ねたことがある。「どうしてわたしをそんなふうに見るの?」

「そんなふう?」

「まるで、わたしの内面まですべて見たいと思ってるみたいに」

「たぶん、きみが本当はどんな人なのか、気になるからかもしれない」

その記憶が、セイディを身震いさせた。

「寒いのか?」クインが訊ねた。

セイディは首を横に振った。「いいえ、ちょっと思い出しただけなの」彼女は続けて、衝動的に言った。「ソルにあなたがいてくれてよかった」

「もちろん、ソルにはいつもぼくがついている」クインの口調には明らかな警告があった。

セイディは彼を見た。「いまは、わたしだってソルについている。もう二度と離れないわ」

ふたりの間の空気が震えた。けれど、クインが次に言った言葉で、その場の緊張は解けた。

「これからソルを学校に迎えに行く」

セイディの胸は躍った。学校で息子に会えるからだ。彼女は立ち上がり、クインのあとを追ってレストランを出た。車に乗りこんだ彼女は、彼らがソルの学校がある郊外に向かっていないことに気がついた。「どこへ行くの?」

「きみには服が必要だ。学校に行く前に、ブティックに寄ろう」

セイディは口を開いて抗議しようとしたが、何も出てこなかった。確かに、服は必要だ。さっきのレストランは、彼女のみすぼらしさを際立たせた。

「いまは返すお金がないけど、仕事を見つけたらすぐに返すわ」

クインは懐疑的な口調で「どうでもいい」と言った。それを聞いて、セイディは一刻も早く人生をやり直そうとさらに決意を固めた。街のどこかに美容師を募集しているヘアサロンがあるに違いない。

クインは車のスピードを落とし、高級そうなブティックの駐車場に車を止めた。ショーウインドウには、きらびやかな服を着たマネキンが飾られていた。

店内に入ると、セイディはすぐにその場を立ち去りたくなったが、できなかった。クインがすぐ後ろにいて、とてもエレガントな店長に頭越しに何かを言っていたからだ。彼のポルトガル語はとても速く、セイディは会話についていけなかった。

彼は彼女をそっと女性のほうに押した。女性は微笑《ほほえ》みながら、一緒に来るようにと言った。セイディは、豪華なカーペットが敷かれた奥の部屋に案内されるしかなかった。

部屋に入ると、女性はセイディの全身を上から下まで見た。そして、こう言った。「何を用意すればいいか、わかったわ」

「彼女の話は真実だよ、クイン。彼女は自分が言ったとおりの人間で、生き延びたのは奇跡だ。この組織犯罪グループは、世界でもっとも洗練され、もっとも凶悪なグループのひとつだった。アルマディが自宅で人を殺したとき、彼は自分の死刑執行令状にサインしたも同然だ。彼は慢心し、傲慢になり、それが最終的な破滅につながったんだ」

クインは友人からの電話を受けるため、ブティックの外に立っていた。彼の腹にずっしりと重いものがのしかかった。セイディの話は本当だった。彼はクロードの言うことなら、絶対に信用できた。

クインは、セイディ――ルーシー・ホワイトがソルの母親であることをクロードに話した。「いまも、危険はあるか？」

「徹底的に調べたが、彼女を消したいと思っていた者たちはもう死んでいるか、姿を消している。だから、いまの彼女に危険はない。しかし、アルマディの仲間のひとりが、ちょうど一年前にサンパウロにいて、彼女の写真を見せながら嗅ぎ回っていた。四年前の彼女は、正しいことをしたんだ」

クインの全身が冷たくなった。そこまで危険が近づいていたとは思わなかった。「もし、四年前に彼女が話してくれていたら、ぼくは彼女とソルを守れただろうか」

「動く標的がひとつよりも、三つのほうが見つけられやすいだろうね」

クインは初めて、自分がセイディの立場だったらどうしただろうかと考えた。ソルに危害が及ぶかと思うと、肌が汗ばんだ。もちろん、息子の安全のためならどんなことでもしただろう。

しかし、それが立ち去ることだとしたら？

友人の声がその不快な問いをさえぎった。

「クイン、彼女に対する脅威がどれほど現実的なものであったかは、いくら強調しても足りないくらいだ。彼女は殺人を目撃してしまったから、そのトラウマに加え、逃亡中のトラウマも抱えている。もし組織が崩壊していなかったら、彼女がふたたび落ち着く日々を取り戻すことができたかわからない。彼女が記憶を失い、自分が危険にさらされていることも忘れ、知らず知らずのうちにきみと赤ん坊を危険にさらしていたという事実は、率直に言って恐ろしい。その間に彼女が発見されなかったのは、本当に幸運だった」

「これはあなたのために作られたと言ってもいいくらいね。あなたがこれを着たらすてきに見えるとわかっていたわ」

セイディはブティックのオーナーであるモニカに弱々しく微笑みかけた。彼女はとても親切でフレンドリーだったので、イブニングドレスを試着してほしいと言われたときに断る勇気がなかった。そのドレスには金色のラメのような布が使われ、まるで第二の皮膚のように彼女の体に張りついていることから、鏡に映った自分の姿を見るのが怖くなるほどだった。

鏡を見たセイディは、一瞬、映っている姿が誰かわからなかった。イブニングドレスを着たのは、クインに会うためにパーティーに行ったときを除けば初めてだったが、あの夜の服をイブニングドレスと呼ぶのは無理があるほどの安物だった。

いまのセイディは金色の光を放っていた。ドレスはシンプルなデザインながらも、細いストラップ二本とV字形の胸元のおかげで、実際よりも胸を豊かに見せていた。ウエストからヒップのラインがすっきりしていて、柔らかく揺らめくスカート部分が、まるで金色の滝のように床へと流れ落ちていく。そして、背中は腰のあたりまで丸見えだった。

試着室のカーテンの向こう側から、クインの控えめな咳払《せきばら》いが聞こえた。モニカがカーテンを開けて言う。「ミスター・ホルト、あなたのガールフレンドはとてもすてきですよ」

ガールフレンド。

セイディの全身がこわばった。それは、真実からほど遠い。クインは彼女を、金色のラメドレスで着飾らせるためにこの店に連れてきたわけではない。おそらく彼は、セイディが〝クイン・ホルトのガールフレンド〟だとモニカに告げたと疑っているだろう。

無意識に、彼女は首元に手を伸ばした。婚約指輪がチェーンからぶら下がっているはずだった。しかし、掃除中になくすのを恐れて、ゲストハウスのベッド脇の引き出しに入れたままだったことを思い出し、安堵《あんど》の息を吐いた。

カーテンの向こう側にいたクインは、最初は顔をしかめて険しい表情を浮かべていたが、やがて彼女を見て無表情になった。そして、また表情が変わった。彼の目は彼女に釘《くぎ》づけになり、足の先から頭のてっぺんまで、視線を上下させた。彼の表情はとても強烈で、飢えを感じさせるものだった。そのとき、クインの電話が鳴り、彼は電話に出るために背を向けた。

モニカが、セイディがドレスを脱ぐのを手伝った。セイディは着てきた服を捜したが、見つからなかった。

モニカは顔をほころばせ、新しい服を何枚か差し出した。「この服を着ていくといいわ。残りはまとめておくから」

セイディは服を受け取り、ひとりになってから、受け取ったのが新しいジーンズとゆったりしたシルクのシャツだと知った。彼女が好きなカジュアルスタイルの非常に贅沢《ぜいたく》なバージョンだ。柔らかなスリッポンもあった。そして、下着も。まるでクインが、彼女の下着が他のかぎられたワードローブと同じくらいみすぼらしくて安っぽいだろうと推測したかのようだった。

いずれにせよ、彼が自分との夜のために新しい下着を買ってくれたわけでないことは確かだ。

下着も何もかも着替えたとき、セイディは鏡に映った自分の姿を見て、苦笑せざるを得なかった。髪はぼさぼさで化粧もしていないのに、衣服の質のよさが、お金でしか作り出せない上品さを醸し出してくれているとわかったからだ。セイディはため息をついた。クインに服のお金をどう返せばいいか見当もつかない。

セイディが更衣室から出たときには、クインは通話を終えていた。「もう行けるか？」

モニカが微笑みながら店の出入り口まで送りに来た。クインが大金を落としたばかりなのだから、機嫌がいいのも当然だろう。

「今日中に、ご自宅まで荷物をお届けしますね」

「ああ、ありがとう、モニカ」

セイディは無理に笑顔を作った。「ありがとう」そのときモニカが、セイディにちょっと待つように言うと、何かを取りに行った。「これは店からのプレゼントよ」そう言って、サングラスを手渡してくれた。

セイディの顔に心からの笑みが浮かんだ。「ありがとう、嬉《うれ》しいわ」彼女はそう言ってサングラスをかけ、午後の日差しから目を守ってくれることに感謝した。そして、もっと感謝したいのは、ときおり向けられるクインの暗いまなざしからも守ってくれることだった。

ふたりの間には沈黙が流れた。緊張が高まり、息苦しくなってきた。信号待ちで停車したとき、セイディはぽつりと言った。「わたしはあなたのガールフレンドだなんて言ってないし、あのドレスを試着させてくれとも頼んでない。モニカが強く勧めてきたから、断る勇気がなかったの……」

「なんだって？」クインがセイディを見て顔をしかめたが、彼女が言ったことを理解したようで肩をすくめた。「モニカがきみを、ぼくのガールフレンドと言ったのか？　聞こえもしなかった」

セイディは少し萎縮した。「あなたに誤解されたかと思って、緊張していたのよ」

「そんなことより、もうすぐ学校に着く」

すぐに彼らは大きな近代的な建物の前に車を止めた。小さな子どもたちが次々に門から出てきて、両親や保護者に出迎えられた。楽しそうな人々を見て、セイディは感情を抑えようとまばたきすることしかできなかった。

クインはそれに気づいたに違いない。なぜなら彼の手が、彼女の手に触れたからだ。

「大丈夫か？」

セイディはうなずき、喉のつかえをのみこもうとした。「なんでもないわ。ただ、いつかソルを学校に迎えに行けるようになることを、ずっと夢見ていたの。普通の人にとって当たり前のことを、自分の子どもにできる日がくることを」

彼女は、それを聞いたクインの反応を恐れて顔を伏せたため、彼が思慮深い顔でこちらを見つめていることに気づかなかった。

セイディは車から降りると、ソルの特徴的な赤みがかったブロンドを見つけようと目を凝らした。そして、すぐにエネルギーのかたまりのような少年が現れ、彼の父親にぶつかっていった。

「パパ！　会いたかったよ」

そして、ソルはセイディに気づき、彼女を完全に驚かせた。「迎えに来てくれたんだね！」彼はそう言って、彼女の腰に腕を回した。

ソルの気楽でオープンな態度に、セイディの足は震えそうになった。

ソルは自分が引き起こしたセイディの感情の揺れに気づかず、クインを見上げた。「パパ、セイディにぼくの教室を見せてもいい？」

「もちろんだ、行こう」

ソルはセイディの手を取り、学校のほうへ引っ張った。校内への入り口には女性の教師が立っていた。

「ディアス先生、ぼくの友達のセイディに教室を見せてもいいですか？」ソルが言った。

「ええ、いいわよ、ソル」

その女性はセイディに微笑みかけ、ソルとの類似点に気づいてこちらを二度見した。けれど、セイディは気づかないふりをした。

セイディは息子と一緒に、一秒一秒を楽しんだ。ソルが自分の席、ロッカーや靴の置き場所、どの絵が自分のものかなどを見せながら、次から次へとおしゃべりをした。

家に戻ると、ソルは急いで学校の制服から着替え、セイディはようやくハウスキーパーのサラと会った。ロベルトがおやつを用意してくれていたので、クインが電話をかけるためにオフィスに姿を消したとき、セイディはソルと一緒に座ってそれらを食べながら、彼が持ち帰った宿題を手伝った。

セイディは夢中になっていたので、クインが来たことに最初は気づかなかった。彼はボードショーツとTシャツに着替えていた。まるで初めて会ったときの姿のようで、彼女の胸は高鳴った。そのとき彼女は、彼が奇妙な表情でこちらを見ているのに気がついた。初めて彼女を見るような、あるいは彼女が何かとんでもないことをしているかのような目つきだった。

次いで、彼の目がソルを見た。「宿題は終わったか？　外に出てサッカーをしよう」

ソルはすぐに立ち上がると、外に走り出た。

クインはセイディを見た。「きみも来るか？」

彼がなんでもないことのように言ったので、ここ数年、自分を守るために築いてきた心のなかの壁の一部が崩れ落ちた。「ええ。もう少しカジュアルな服に着替えてくるわ」セイディは、息子と一緒に遊ぼうと誘われたことが、どれほど衝撃的だったかを隠そうとした。

ゲストハウスに行くと、サラが届いたばかりの新しい服を片づけていた。「自分で片づけるわ」

「大丈夫よ、もうすぐ終わるから」サラは微笑んだ。

サラがいなくなると、セイディは真新しい服でいっぱいになったクローゼットを覗《のぞ》きこんだ。そして、奥にかかっている金色のドレスに気がついた。そのきらめきに手を伸ばすと、まるで液体のように彼女の指を滑り落ちた。クインに知らせなければならない。きっと何かの間違いで、ここに運ばれてしまったのだ。ドレスは間違いなく高価なものだろう。彼女でさえ、そのドレスのデザイナーの名前を知っていたのだから。

外から呼び声がしたので、セイディがリビングルームに行くと、顔を真っ赤にしたソルが泥だらけの足でドアの前に立っていた。

「どうしてそんなに時間がかかるの？」

明るく純粋な感情がセイディの胸にあふれ、ドレスのことはすぐに忘れてしまった。ソルを見つめながら、彼女は絞り出すようにしてようやく答えた。

「すぐに行くわ」

8

クインはサッカーに集中できなかった。彼はパスをまたもやミスし、ソルにうめき声をあげられた。クインの視界には、長くかたちのいい白い脚が巧みにボールをゴールまでドリブルし、ソルが猛然と追いかける姿が映っていた。

セイディはデニムのショートパンツを穿《は》き、ゆったりとしたTシャツの裾を無造作に腰のところで結んでいたため、背中と腹部の滑らかな肌があらわになっていた。髪は乱雑に結ばれ、化粧はされておらず、顔は汗ばんでいた。

この数年間のように、彼女が去ったことに対する怒りにしがみつきたいと思いながらも、そうできないとわかっていた。セイディの話は真実だと知ってしまったからだ。セイディは生き延びるため、逃げ回っていたのだ。

次の瞬間、ボールがクインの足元に落ちた。しかし、彼が反応する前に、セイディが彼に向かってぶつかってきた。彼はうめき声をあげながら転倒し、セイディも彼とともに倒れた。腿と腿、腰と腰、胸と胸がくっついた状態で。

「ごめんなさい」セイディはゆっくりと体を起こした。「あなたがボールに反応すると思ったの」

クインには彼女の声がほとんど聞こえなかった。至近距離にあるブルーグリーンの瞳に気を取られたからだ。そう、息子と同じ色の瞳に。ふいに、奇妙な考えが頭に浮かんだ。もしもう一人子どもができたら、その子も彼女の瞳の色を受け継ぐのだろうか。

その考えはあまりにも予想外だったので、クインは少し気が動転した。

そして予想どおり、彼の体のある部分が、間近にいるセイディに反応しはじめた。

彼の反応に気づいたのか、彼女は目を見開き、頬をピンク色に染めた。「確かあなたは……」

「もう二度としない、と言ったんだ」クインは歯を食いしばった。「したくないと言ったわけじゃない」

「パパ、セイディにキスするの？」

その瞬間、ふたりが声のほうに顔を向けると、ソルがふたりの横にしゃがみこんで、好奇心いっぱいにこちらを見つめているのに気がついた。

「もししたいなら、ぼくは構わないよ。マリアのパパとママがキスしているのを見たことがあるし」

クインはすぐに体をこわばらせ、セイディを自分から押しのけながら言った。「いや、セイディとキスはしない。ぼくたちはただ転んだだけだ」

慌てて立ち上がったセイディの頬が赤くなっているのを、クインは見た。ソルはすでにボールを蹴りはじめていて、クインとセイディの間に流れる緊張した混乱には気づかなかったようだ。

そのとき、家のなかからロベルトが三人を呼んだ。

「もうすぐディナーですよ」

「手を洗ってくるわ」セイディはそう言うと、ゲストハウスへと走っていった。

クインは彼女のあとを追いかけたい衝動を抑えなければならなかった。行ってどうする？　自分を簡単に興奮させた彼女を罰するつもりなのか。二度とベッドをともにしないと、彼女に言ったのに。

すっかり動揺し、苛立《いらだ》ち、足元が揺らいでいるような感覚を覚えたクインは、冷たいシャワーを浴びるために自分の部屋に直行した。

数分後、セイディはシャワーの冷たい水しぶきの下で震えていた。クインの体と触れ合ったことを思い出すだけで、全身が震える。硬い筋肉と鼓動する心臓を間近に感じたとき、彼女は顔を伏せ、その鼓動に耳を近づけたかった。以前のように。

そして、恥ずかしながら、彼女はソルがそこにいて、ふたりを見ていたことさえ忘れていた。彼に話しかけられるまでは。彼の体は、まだ彼女を求めていた。しかし、彼の心は彼女を求めていなかった。

セイディはシャワーを止めて素早く体を拭き、バスルームから出た。そして、クローゼットに入ると、ジーンズやシャツではなく、細いベルトがついたオリーブグリーンのシルクのシャツドレスを手に取った。それから、シルクとレースで作られた、薄手の退廃的な下着を身につけた。

気持ちがうきうきする――これほど浮ついた気分になったのは、ずいぶん久しぶりのことだ。ここで、ようやく息子と一緒になり、何が起こったのかをクインに伝えたとき、たとえ彼が信じてくれなかったとしても、自分の気持ちがじょじょに軽くなっていくのを否定できなかった。

　セイディは髪をタオルドライし、湿った状態できれいにウエーブを作り、フラットサンダルを履いた。そして、母屋に向かった。夕方の空気は暖かく、穏やかだった。

　彼女が母屋に入ると、クインとソルはすでにテーブルに座っていた。

「セイディ、ぼくの隣に座って」ソルは彼女を見て、飛び跳ねるようにして言った。

　セイディの胸がぎゅっと引き絞られたようにうずいた。彼女は微笑《ほほえ》んで席に着き、クインに目を向けた。きっと彼は、厳しい顔をしているだろうと予想していたのに、実際はそうではなかった。

　彼の表情は、ブティックでドレス姿の彼女を見ていたときのようだった。強烈な、どこか飢えを感じさせるようなものだ。その表情が、彼女に金色のドレスが間違って届いたことを思い出させた。「イブニングドレスが、ブティックの他の服と一緒に送られてきたの。きっと間違ったのね。返送できるように梱包《こんぽう》しておくわ」

　クインは首を横に振った。「返さないでいい」

　セイディは抗議しようとしたが、ソルがパスタを口に運びながらおしゃべりをはじめたので、クインは口に食べ物を詰めこんだまま話さないよう注意した。

　セイディは、息子の信じられないほど心地よいおしゃべりに身を任せ、彼が口の周りにパスタソースをつけながら大きな目でこちらを見たときには、適切な返事をした。彼女は何も考えずにナプキンをコップの水に浸して息子の口元を拭うと、彼は楽しそうに食事に戻った。

　セイディは、クインが自分を見つめているのに気づいて動揺した。母親のようにソルに触れる権利など、自分にはないかもしれないと思ったからだ。ふたたびクインに目をやると、彼はソルに温かな微笑みを向けていた。セイディの心は揺さぶられた。かつて彼は、そんなふうに彼女を見ていたからだ。

食事が終わると、クインは立ち上がってソルに言った。「バスルームを使ってから、ベッドに行くんだ」

ソルの顔は不満そうだったが、セイディには、息子が一日の活動で疲れ果てていることがわかった。

「今日は楽しかった。明日も一緒に遊んでくれる?」部屋を出ていく前にソルに訊《たず》ねられた。

セイディは微笑んだ。「もちろんよ」

「ソルを寝かしつけるまでリビングルームで待っていてくれるか。きみと話すことがある」クインが言った。

セイディの全身に緊張が走った。「ええ」

ディナーの片づけはサラがしてくれるので、セイディは言われたとおりにリビングルームに向かった。

そこは、彼女があまり過ごしたことのない部屋だ。置かれている家具はとてもエレガントだが、威圧感はない。家具に擦り傷や傷跡があるのがわかった。壁一面を占める棚のいちばん下には、子どもの本が置いてある。すべて子どもが住んでいるという証《あかし》だ。

セイディはしゃがみこみ、本を一冊選んだ。それは彼女も知っている絵本、『どんなにきみがすきだかあててごらん』だった。ソファに座ってページをめくっているうちに、視界が少しぼやけてきた。この四年間、どこかの寂しいベッドに横たわり、ソルとクインへの愛を伝えたいと、どれほど願ったかを思い出したからだ。

「きみはその絵本の対象年齢を少し上回っているんじゃないか?」

セイディは緊張して顔を上げ、まばたきをくり返した。物語に夢中になっていた彼女は、無理に微笑んだ。「この絵本はわたしのお気に入りのひとつなの」

「ソルも好きな絵本だ」

長い間、ずっと遠くからふたりに愛を伝えたいと願ってきたという悲しい話を口走らないよう、セイディは唇を噛《か》んだ。

彼女は絵本を棚に戻し、クインと向き合った。彼は明らかに、ふたりが近くにいるときに流れる電気のような感覚を無視しようとしている。だから彼女も、それを無視することに全力を尽くした。

「話があるって言ってたわよね？」

クインは彼女と向き合い、単刀直入に言った。

「きみが本当のことを言ったのだとわかった」

セイディの胸に安堵感《あんどかん》がわき上がった。

「友人のクロードと話したんだ。彼はセキュリティ関連の会社を経営していて、きみがぼくに話した内容について調べてくれた」

一瞬にして、安堵感が消えた。彼女に対する信頼から、真実だと認めてくれたわけではなかったのだ。しかし、彼女が彼に調べるように指示したのだから、傷つく必要などない。「あなたの友人は、なんと言っていたの？」

「彼はきみが話したことを確認し、その犯罪組織が悪名高いほど危険だと教えてくれた。きみが不運な犠牲者で、間違った場所に間違った時間にいたのだと言っていた。彼はまた、組織のメンバーのひとりが、つい昨年サンパウロに現れたとも言っていた」

セイディはめまいがした。

「座るんだ」クインはすぐに彼女のそばに来て腕を取って椅子に座らせた。「きみにこんなことを言うべきではなかった」

あの忌ま忌ましい男たちのひとりがブラジルまで来たのだと知り、セイディの全身が冷たくなった。クインとソルから離れたにもかかわらず、犯罪組織の手はふたりのすぐそばまで迫っていたのだ。

クインはドリンクキャビネットに行くと、グラスにウイスキーを注いでから戻ってきて、彼女の座る椅子の横にしゃがみこんだ。「一口飲むんだ」

彼は彼女の唇にグラスを当てた。セイディは従順に唇を開き、ウイスキーを口に流しこんだ。アルコールのおかげで、彼女は少し落ち着いた。

クインがグラスをテーブルに置くと、セイディは彼を見つめた。「わかる？　彼らは実際にこの国にいたのよ！　わたしを捜しに来たの！　もし彼らがあなたの正体を知っていたら、わたしがしたことはすべて無駄になったわ」

「ぼくたちは正式に結婚していなかったし、ソルはぼくの名字で登録されている。だから、きみとぼくたちの間のつながりには気づかれるわけがないと、クロードは断言した」

「ええ、そうよね……」セイディはため息をついた。「あなたの友人は、まだ危険があると言っていた？　ロンドンの刑事たちには、すべての脅威はなくなったと言われたけど、わたしは完全に安心できないような気がするの」

クインは椅子の近くにあるソファの端に腰を下ろした。ふたりの膝が触れそうな距離だった。セイディはクインの膝の上で彼にしっかりと抱きしめてもらい、誰も自分に危害を加えることはできないと感じさせてほしいと願った。そう、記憶が戻って逃げ出す前のように。いま考えれば考えるほど、彼女は失った記憶のどこかに、脅威がひそんでいると気づいていたのだと思う。だから、彼に安心感を与えてもらうために、いつも触れてもらっていたのだ。けれど必然的に、ふたりの親密な接触は、安全だと感じるよりも、はるかに扇情的なことにつながっていった。

「クロードは、もうきみに脅威はないと言っていたが、それは絶対なのかどうか、調べてもらっている。もし何か見つかれば、すぐに知らせてくれるだろう」

「ありがとう」この四年間で初めて、誰かに気にかけてもらっている。「でも、そんなことを頼んでくれなくてもいいのよ。かなりお金がかかるでしょうから」

クインは立ち上がり、ポケットに手を入れて窓のほうへ移動した。「確かにクロードの調査には金がかかるが、徹底している。それに、きみの安全を確かめないわけにはいかない。きみはソルの母親で、ソルは一度きみを失った。二度と同じことは起こさせない」

セイディの胸に感情がこみ上げてきた。彼女はクインに自分の弱さを見せたくなかった。「そう言ってくれてありがとう。わたしは実の両親を失い、里親のもとで長い時間を過ごしたから、わたしがいちばんしたくないことは、ソルにふたたび母親を失う経験をさせることなの」

「きみは両親が亡くなったあと、養子に出されたと言っていたね？」

セイディはうなずいた。「五歳まではね。でもその夫婦の結婚生活が破綻して、どちらもわたしを養う余裕がなくなり、養護施設に戻されたの。そのあとは、学校を出るまでいくつかの里親の家にいたのよ」

「どんな感じだったんだ？」

セイディはクインを見て、すぐにまた目を逸《そ》らした。彼女は無防備になったように感じた。「理想的ではなかった。どんなにいい家族でも、わたしがその一員でないのは明らかだったから。でも、ほとんどの家族は親切で、わたしは幸運だった。わたしよりずっと悪い経験をする里子もいるもの」

「ほとんどの家族？」

セイディは体の震えを抑えた。「わたしより何歳か年上の息子がいる里親の家があったの。ある夜、彼がわたしの部屋に入ってきたけれど、彼の母親に見つかった。わたしは一週間もしないうちに引っ越したわ」

「セイディ……」

セイディは、クインの顔が青ざめているのを見た。「きみはもう少しで――」

「大丈夫よ。何も起こらなかったから」ティーンエイジャーがベッドで眠る彼女に迫ってきたあの瞬間を忘れるため、セイディは急いで言った。彼女はまだ恐怖で声が出せなかったことを覚えている。落ち着くため、彼女はウイスキーを口にした。

「きみが経験したすべてのことを考えると、出発するときにソルを連れていこうという誘惑に駆られなかったのか？」クインが訊ねた。

セイディはグラスを置いて立ち上がり、部屋のなかを歩き回った。出産後、ひとりきりになってからのつらい記憶は、決して頭から離れなかった。赤ん坊を自分の胸に抱きしめられなかったことが、主な原因だった。

「もちろん、連れていきたかったわ。ソルを置き去りにするのは、わたしの本能すべてに反することだった。でも、あの男が、まるでなんでもないことのように命乞いをする相手を射殺する光景を思い出さずにはいられなかった。もし彼に見つかったら、赤ん坊だって殺されてしまうと思った。なので、わたしはソルを連れていかなかった。彼はあなたと一緒にいると信じていたから。そして、あなたがいい父親になることも信じていた」

それに、いまもあなたを愛している。だから、信じられたの。

そう伝えたかったのに、セイディは口に出さなかった。ふたりの関係が取り返しのつかないほど変わってしまったいまでさえも、セイディは彼を愛しつづけている。けれど、クインはいま、そんなことを聞いても喜ばないだろうと彼女は知っていた。そう、決して。

〝あなたがいい父親になることも信じていた〟

セイディが確信を持ってそう言ったとき、クインは息をのんだ。彼女にはすでにいい父親だと言われていたが、今回の言葉の重みは違う。彼女は生後数日の赤ん坊を彼に預けた。そして、いまになって初めて、彼はそのことの意味を理解した。

小さなソルを腕に抱くまでは、父親との絆《きずな》を経験したことのない自分が、いったいどうやって父親になれるのかよくわからなかった。彼はその不安をセイディに打ち明けたことはなく、それができないかもしれないと認めるのが恥ずかしかった。

けれど、息子の柔らかくて無防備な重みを手渡された途端、クインの膝は愛と畏怖の重みで折れそうになった。そして彼は、我が子を全身全霊で愛し、守ると誓った。

セイディもきっと同じように感じていたに違いないのに、赤ん坊から離れるしかなかったという事実を思い、クインは口を開いた。「きみにとって、ソルと離れるのがどれほどつらかったか、ぼくはわかっていなかった」

セイディは部屋の向こうから彼を見ていた。そして、頭を左右に振りながら顔を歪《ゆが》めた。「ええ、ソルから去ったのは、いままでいちばんつらいことだったわ」

「きみの事情はわかった。しかし、それを受け入れるのは大変なことだ。きみが利己的な気まぐれで出ていったと四年間も信じていたのを、いまさら覆すのは」

セイディは、笑いと嗚咽《おえつ》の中間のような声を出した。彼女は口に手を当て、そしてまた下ろした。

「利己的や気まぐれというにはほど遠かったわ。少しくらいなら問題ないと自分に言い聞かせながら、あなたたちのもとに行きそうになったことが何度もあった。わたしがしたかったのは、ただあなたにすべてを打ち明けて、大丈夫だと言ってもらうことだけだった。でも、それは自分勝手で、命取りになる可能性があることはわかっていた」

クインは、何もつかむものもなく、巨大な虚空を自由落下しているような感覚に陥った。長い間、正当だと感じていた怒りに、もはやしがみつくことはできなくなった。しかし、だからといって、それで物事が簡単になったりするわけではなかった。より複雑になったように感じられた。

クインは彼女を愛していた。これほど誰かを愛することなど不可能だと思うくらい、愛していた。でも、その愛情が自分のなかに残っているとは思えない。いくら彼女に、自分とソルのもとを去った説得力のある理由があっても、ふたたび彼女を信頼するようになることは決してないだろう。彼女を愛したことで、彼は自分がどれほど脆弱《ぜいじゃく》であるかを知り、二度とそのような脆弱さを自分に許さないと誓っていた。

いまはただ、ふたりの間に境界線を確立し、共存して息子を養育できるような道筋を見つけなければならないとクインは思った。

「長い一日だったし、疲れたわ。そろそろ休むわね」彼が何を言えばいいか考えつく前に、セイディが言葉を発した。

「もちろんだ。今後どうするかは、また話そう」彼女のいったい何にこれほど混乱させられたか悩みながら、クインは答えた。

クインはゲストハウスに向かって庭を歩く、彼女のほっそりとした青白い脚を窓越しに眺めた。その姿はとても孤独に見え、彼女がたどってきた人生を考え、共感せずにはいられなかった。家族のなかで育っても、彼はつねにどこか疎外感を覚えていた。母親はおらず、父親はまったく父親らしくない遠い存在だった。兄は家業を継ぐことに没頭していたが、彼を責める気にはなれなかった。なぜなら、兄弟は絆を深めることをあまり奨励されていなかったからだ。

クインはセイディを追いかけたいという強い衝動を抑えなければならなかった。行ってどうするつもりなのだ。もう一度彼女と愛し合い、さらに事態を混乱させるわけにはいかない。

クインは木々のなかに消えていくセイディの姿から目を背けた。ふたりの間に境界線を引く必要はあるが、セイディを自分たちの生活に取りこみながら前進する最善の方法を考える必要もあった。

セイディは急いでその場を立ち去らなければならなかった。室内の空気は緊張で張りつめ、ふたりの間にはさまざまな感情が渦巻いていた。それに、抗《あらが》いがたいクインの魅力、彼に触れられたい、抱きしめてほしいという欲求はあまりにも圧倒的で、それを気取られるか、もしくは自分が何かを口走ってしまうのではないかと恐れずにはいられなかった。

疲労を言い訳にして去ったときは、あまり疲れを感じていなかったが、ゲストハウスに戻った途端、疲れがどっと押し寄せてきた。

クインがすべてを受け止めるには、時間がかかるだろう。それは彼女にも理解できた。しかし、クインに信じてもらえたいま、少しずつでも過去を忘れていき、前に進みはじめられるはずだ。これから先、どこへ向かうのかはわからない。けれど、息子の母親でいられるのがもっとも大切だということだけはわかっていた。そう思いながら眠りにつくと、ビーチハウスでのクインとの思い出を夢に見た。

翌朝、目が覚めたとき、セイディの頰は涙で湿っていて、胸がひどく痛んだ。

「明日、基調講演者として参加する会議のために、サンフランシスコに行かなければならない。ソルとレーナも連れていく。レーナにはサンフランシスコで暮らす娘がいるから、彼女を訪問する機会でもあるんだ。きみも一緒に来ないか？」

セイディはランチテーブルの向こうに座るクインを見た。週末で、ソルは遊びに来た友人たちと外でサッカーボールを蹴っている。

彼女はクインの表情を読み取ることができなかった。自分も行ってもいいのだろうか。あれだけのことが起こったあとで？

「あなたがソルとの時間を楽しみたいのなら、わたしは残っても構わないわよ」ソルをここに残して、自分が世話をすると言いたかったが、それはあまりにも早すぎる提案だと彼女にはわかっていた。

「実は、きみに頼みたいことがある」

セイディはまばたきをした。クインのために、何かできることがあるのだろうか。

「もちろんよ。何かしら」

「現地で、ぼくが主催するチャリティイベントがある。数年前に慈善団体を設立し、恵まれない家庭の子どもたちが奨学金を得て、技術系のコースに進学できるように支援しているんだ。でもイベントを開催するたびに、ぼくの交際状況や相手がいないことに関する憶測が、慈善活動を覆い隠してしまう。だから、デートの相手が必要だ」

セイディはまたまばたきをした。「わたしをデート相手として誘ってるの？」

「もしよければ」

セイディは混乱した。

「それから、もう一点、話したいことがある。きみが誰なのか、ソルに話そうと思っている。彼はすでにきみに愛着を持ちはじめているし、きみとの容姿に類似点を見いだし、混乱しはじめてもいる。だから、そろそろ公の場で一緒にいるところを見られても害はないだろう。きみがソルの母親だという声明を出して、後日、ぼくたちの復縁は短期間で終わったと公表すればいい。でも、そのころには、きみがソルの母親であることは知れ渡っているだろうし、この話も社交欄から消えているはずだ」

セイディにとって、クインの提案はあまりにも衝撃的だった。彼女はランチテーブルから立ち上がり、行ったり来たりしはじめた。彼女は自分のもつれた考えをはっきりさせようとした。

「ふたりで人前に出る？　それに、付き合っているふりをするの？」

彼女が見ると、クインはうなずいた。

「でも、いままでわたしがどこにいたのか訊《き》かれたらどうするの？」

クインは軽く肩をすくめた。「ソルの人生にきみがいなかったとは言わず、あいまいにしておく。誰かがきみを調べても、たいしたことは見つからない。きみが記憶を失ったときに調べても、何も見つからなかったのと同じだ。ぼくはここサンパウロで、社交的な場にほとんど顔を出していない。だから、周囲が知らなかっただけで、きみはずっとこの国にいたと思われるかもしれない。ただ、ぼくと一緒にいなかっただけだ」

つまり、ソルに彼女が誰なのか、ついに話すことができるのだ。喜びと不安が入りまじった気持ちで、セイディの胸は膨らんだ。もしソルが、彼女が母親であることをいやがったら？　それに、他のことはどう考えればいい？　クインのガールフレンドとして公の場に現れても、すぐに過去の相手とされてしまうのに。

しかし、彼女に文句など言えるわけがない。クインが言ったように、これで彼女はソルの母親として知られることになる。そうなれば、彼女は息子の人生にしっかりとかかわれることになる。クインの人生にはかかわれなくても。クインにとって、セイディを遠ざけるのは簡単だっただろう。けれど、彼はそうしなかった。彼はセイディに、彼らの世界に入りこみ、自分の居場所を得るチャンスを与えてくれたのだ。これはとても大きなことだった。

彼女の反応が鈍いことに気づき、クインは少し顔をしかめた。「きみが望んでいたのは、これだと思ったんだが」

セイディは両手を握りしめた。「ええ、ソルにわたしが誰なのか知ってほしい。だけど、少し怖いの。四年間、隠れて生きてきたあと、舞台の真ん中に押し出されるなんて」彼女は首を左右に振った。「この瞬間をずっと夢見てきたけど、決して訪れないかもしれないと思っていた。でもいま、それがかないそうで、ちょっと圧倒されているの」

セイディには理解できない表情がクインの顔を横切った。「すまない。そのことをじゅうぶんに考慮していなかった。もし、またの機会にということであれば――」

「いいえ」セイディはこの機会を逃すのが怖くて、急いで言った。「煉獄《れんごく》で四年間も過ごしたのだから、わたしならできるわ」

9

は煉獄《れんごく》で四年間も過ごしたのだから、わたしならできるわ〟

クインはこの二十四時間、その言葉が頭から離れなかった。彼も煉獄のなかにいたが、セイディがソルの母親として公の場に出るのがどれほど大変なことなのか、じゅうぶんに理解していなかったと認めざるを得なかった。

彼にとっての煉獄は、彼女がなぜ出ていったのかわからないことだった。裏切りという名の煉獄だ。

しかしいま、それは裏切りでなかったことを知っている。それは、実のところ、クインが自分の母親と経験したこととはまったく異なっていた。

クインの母親の行為は、利己的で残酷だった。けれど、セイディは利己的でも残酷でもなかった。彼女は自分の幸せを犠牲にし、命がけで彼らを守ったのだ。だから、セイディに対する怒りは消えたものの、瘢痕《はんこん》組織のように痛みの記憶がまだ残っているのをクインは否定できなかった。

いま彼に必要なのは、過去を忘れて前進することだ。そうすれば、人生をやり直し、もしかしたら恋人を作ることもできる。セイディがいきなり彼の前に現れた夜、彼はそうするつもりだった。彼女は過去の存在だ。そう、彼がようやく乗り越えられるはずの過去。きっと、今度こそ願いはかなうはずだ。

だからこそクインは、セイディを自分の人生の表舞台に登場させ、公にすることがいい考えだと思ったのだ。たとえそれが見せかけだけとしても、ふたりの関係、そしてソルの母親としての地位を確立するには、それがもっとも手っ取り早い方法だ。彼女はまた、クイン・ホルトの息子の母親として、ある程度の世間の関心にも慣れる必要がある。それだけ、ホルト家の注目度は高いからだ。

そしてときがくれば、ふたりは円満な破局を発表し、その後は息子を共同で育てながら、それぞれの人生を歩むことになる。

クインは飛行機の通路をはさんで、ソルと一緒に座っているセイディを見つめた。ふたりのストロベリーブロンドの頭は寄り添っている。

彼は時計を確認した。飛行時間は少なくともあと六時間はあった。「ソル」クインは息子を呼んだ。

「何、パパ？」ソルは顔を上げた。

「おいで。話したいことがあるんだ」

ソルは本を脇に置いて座席から飛び降りると、彼のもとまで来た。青ざめた顔でこちらを見るセイディに、クインはうなずいた。

「きみはママはどこにいるのか、訊《き》くことがあるよね？　そのたびに、〝遠くに行かなければならなかった〟と答えていたのを覚えているか？」

ソルは真剣な表情でうなずいた。

「前に、セイディは会社の同僚だと言ったけど、あれは本当じゃなかったんだ」

「ぼくに嘘《うそ》をついたの？」ソルは顔をしかめた。

「そうなんだ。それは間違ったことだったが、あまりに大きな秘密で、すぐには言えなかった」

「どんな秘密？」

「セイディがきみのママだということだよ」

セイディの胸の鼓動が速まった。ソルは突然恥ずかしそうに彼女を見ると、父親に寄り添った。その光景に、セイディの胸が締めつけられた。

ソルはクインを見上げた。「セイディがぼくのママなの？」

「そうだよ」

「いままでどこにいたの?」

クインがセイディを見た。「その質問は、ママに訊くべきだと思うよ」

セイディは席を立ち、ソルの近くに行くとひざまずいた。少年は警戒した顔でこちらを見た。彼女は心のなかで許しと理解を求めて祈りを捧《ささ》げた。

「あなたが生まれたとき、わたしはどうしても行かなければならなかった。理由はいつか説明するけれど、わたしは本当に、心の底から行きたくなかったのよ。あなたと離れるのは、わたしがいままでしてきたなかで、もっともつらいことだった。そしてこの四年間、あなたのもとに戻るために、わたしはとても長い旅をしてきたの」

ソルは目を見開いた。「魔法のような冒険?」

セイディは悲しくなったが、うなずいた。「ええ、そんな感じよ」

「クールだね」

母親の不在を壮大な冒険だと解釈する息子に、セイディは微笑《ほほえ》んだ。怒りや裏切りといった大人の感情を抱くには、息子はまだ幼すぎた。

セイディは続けた。「あなたに知っておいてほしいのは、たとえ一緒に住むことはできなくても、わたしはもう二度とあなたのそばを離れないということ。約束するわ」

「パパ、セイディは一緒に住めるよね」

「様子を見よう。セイディだって、自分の家が欲しいかもしれないし」

「でも、ガーデンハウスがあるよ」

「心配しないで。この先、何があっても、好きなだけセイディに会えるから」

それに対し、ソルは何か言いたげだったが、代わりに言った。「わかったよ。ねえ、いまから映画を見ていい?」

「パジャマに着替えてから、寝室で見るんだ。着陸する前に、少しは眠らないと」

「ちゃんと着替えるよ、パパ」

ソルは、聞いたばかりの重大なニュースにそれほど動揺していないようで、急いで立ち去った。

セイディは床から立ち上がり、座席に座り直した。少し意識が朦朧《もうろう》としているのは、いまや息子が、彼女が誰なのかを知っているからだろう。「ソルは受け止められると思う？」

「彼は頭のなかで、情報を処理しようとしているんだ」

「動揺していなければいいのだけど」

クインは首を横に振った。「大丈夫だろう」

抑えられない感情のままセイディは、バスルームに逃げこんでドアをロックした。息もできず、すべてがぼやけて見えた。

「セイディ、ドアを開けるんだ」

クインがドアをノックする音が、まるで自分の心臓の音のように聞こえた。セイディには、自制心を取り戻せる望みはなかった。しぶしぶドアを開けると、狭い場所にクインが入ってきて、抱きしめられた。彼の腕のなかは、この四年間、ずっと恋い焦がれてきた安全な場所だった。

セイディはどれくらい泣き、どれくらい彼に抱きしめられていたのかわからなかった。数分だったかもしれないし、何時間だったかもしれない。ようやくクインの胸元から離れたとき、彼女が目にしたのはシャツの湿った跡だった。「ごめんなさい」愕然《がくぜん》としながら、彼女は言った。

「気にするな」

自分の顔や目は腫れ上がっているだろうが、驚くほど気分がよくなった。心が安らぎ、軽くなった。

「ありがとう」彼女は口ごもりながら言った。

クインの視線は彼女の口元に注がれ、セイディは感情の嵐のさなかにあっても、体が熱くなるのを感じた。〝もう二度としない〟と彼にはっきり言われたのに、セイディは体を離すことができなかった。

「なんのための感謝だ？」

「ソルに話してくれたこと。それに、あなたにはそうする権利があったにもかかわらず、わたしと再会した瞬間に追い払わなかったこと」

クインは彼女の頬を親指でこすり、涙を拭った。

「きみにとって、この四年間を乗りきるのがどれほど大変だったか、どれほど強くならなければいけなかったかを思うと、頭が下がるよ」

セイディの胸は高鳴った。「あなたも大変だったわね」

ふたりの間に、繊細で壊れやすい瞬間が訪れた。クインの人生に戻ってきてから初めて、彼はこちらを不信と反感の入りまじった目で見ていなかった。それは、もっと温かいまなざしだった。

セイディは彼の口元を見た。彼にキスしてほしい。そう思った瞬間、彼の顔が近づいてきた。けれど、その直後、バスルームの外から声をかけられた。

「邪魔してすみません。ソルがセイディと一緒に映画を見たいと言っていて」レーナだった。

クインは動きを止めた。「わかった、彼女はすぐに行くとソルに伝えてくれ」彼は答えると、体を離した。

「わたしは顔を洗ってから行くわ」セイディは無理に笑みを浮かべた。彼女は彼とレーナの声が遠ざかっていくのを聞きながら鏡を見て、そこに映る自分の姿に息をのんだ。頬は鮮やかなピンク色に染まり、涙の痕がしっかり残っていた。目は、泣いたせいでまだ少し充血している。それに、髪はぐちゃぐちゃだ。さっきまで彼女は、クインが自分を欲望の目で見ていると思っていたが、いまのひどいありさまを見ると、そんなのは妄想だったとわかる。

セイディは小さくうめき、蛇口をひねった。あふれ出る感情のダメージを最小限に抑えなければならない。クインの腕に抱かれるのがどんなに気持ちよかったかを、後ろめたい秘密のように胸に抱きしめておくしかなかった。

数時間後、クインは飛行機の寝室のドアを開けた。明かりは薄暗かった。ベッドカバーの上にタブレットが置かれ、その横に息子とセイディが横たわっていた。ソルはセイディに寄り添い、彼女の腕が彼を包んでいる。ふたりは眠ってしまったのだ。

クインは、彼女を腕に抱きしめたときの感触、それに胸が張り裂けるようなすすり泣きや、華奢《きやしや》な体が震えるのを思い返した。あれほど生々しい感情に直面したのは初めてだ。もう彼にはわかっていた。彼女にキスしそうになった瞬間に気づいてしまった。すべての事実が明らかになったいま、二度と彼女に触れないという考えは、もはや選択肢にはないということに。

彼はバスルームで彼女と愛し合う覚悟ができていたし、邪魔が入らなかったらそうしていただろう。ふたりの惹《ひ》かれ合う気持ちは否定できず、避けられないものだった。真実が明らかになったあと、その気持ちが薄れるだろうという望みは明らかに幻想だった。

だから、このまま何もせず、ふたりの関係が自然に終わるのを待つしかない。なぜならクインは、セイディとは別の人生を歩むことを望んでいるからだ。彼には息子がいる。それ以上は、何も必要なかった。

彼らはサンフランシスコに到着し、テラスからゴールデンゲートブリッジが望める、市内でもっとも高級なホテルのペントハウスにチェックインした。セイディには、クインやレーナと同じように専用の寝室が与えられ、ソルはレーナとつながっている部屋が割り当てられた。寝室以外にも、キッチンやダイニングルーム、それにシアタールームとジムもある。テラスには温水プールもあり、その豪華さは息をのむほどだった。

セイディは、ドレッシングルームに、すでに何者かによって荷物が片づけられているのを見た。そして、何か見覚えのあるものがハンガーにかけられているのを見つけ、手を伸ばして触れた。それは、金色のイブニングドレスだった。サラはクインの指示でこれを荷物に入れたのだろうか。彼が言っていたチャリティイベントのために? このドレスを着ることを考えただけで、彼女は恥ずかしくなった。けれど彼女は、ブティックにいたときのように、クインが彼女を見つめるのを想像した。

ドアを軽くノックする音がして彼女が振り向くと、頭のなかにいた人物がドアのところに立っていた。彼はスーツを着ているが、ネクタイはしていなかった。

「邪魔をしたか?」

彼女は首を横に振った。「いいえ」

数時間前、飛行機のなかでクインに起こされて以来、ふたりの間にはぎこちなさと堅苦しさがあった。いまだ彼女は、泣きじゃくった余韻でぼんやりしているのに、クインは明らかにシャワーを浴び、スーツに着替えたようだ。

「どこかに出かけるの?」彼女は訊《たず》ねた。

ホテルにチェックインしてから彼らは軽いランチをとると、レーナは買い物に出かけ、ソルはリビングルームでコミックを読みはじめた。

クインはうなずいた。「オフィスで会議があるんだ」

「わたしがソルを見ているわ」

「レーナもすぐに戻ってくるはずだが、頼めるか?」

彼女は今日の午後遅くに、ソルを連れて娘の家に行く。彼らはそこで一晩過ごす予定なんだ。レーナにはソルと同じ年ごろの孫がいて、彼らは以前に会ったことがあり、仲がいい」

セイディは、ソルとふたりきりでいられると思うと嬉《うれ》しくなると同時に、彼が今夜出かけてしまうと思うと少し寂しさも感じた。それに、今夜はここにひとりきりになると知り、疎外感を覚えた。目の前にいる男性は、かつて彼女に故郷と帰属意識を感じさせてくれた唯一の人だった。セイディには、彼にそれをもう一度求める権利はなかった。

「ぼくが以前話したチャリティイベントのことなんだが、実は今夜なんだ」突然、彼が言った。

セイディの手が、ドレスを強く握りしめた。自分がまだそれに触れていることにすら気づいていなかった。彼女はドレスから手を離した。

「今夜？」彼女の胸の鼓動が速まった。

「そうなんだ。構わないか？」

「ええ、たぶん……」不安が全身を包んだ。どうしてこんなことに同意してしまったのだろう。

セイディは金色のドレスを指さした。「サラがこれを荷物に入れてくれたの。これがイベントにふさわしいかどうかわからないけど、ここにある唯一のイブニングドレスよ」

セイディはクインに新しい服をねだっていると思われるのを恐れて、それ以上話すのをやめた。

でもクインは、何も気にしていないそうだ。「そのドレスは完璧だ。レーナがソルと一緒に出発する前に、準備の手伝いをしてくれる。またあとで会おう」

セイディが返事をする前に、クインは去っていった。彼女はフレンチドアからテラスに出て、街を見渡した。もう長い間、街を危険に満ちた邪悪な場所と見ていたが、これからはそんな気持ちを忘れることに慣れなければならない。そう思うと、うきうきした気分になりながらも、恐ろしくもなった。

彼女は街並みから目を逸《そ》らした。いまは息子の面倒を見なければならないし、彼と過ごす一瞬一瞬を大切にしたい。なぜなら、クインと一緒にいるふりをするこの期間が終わったら、息子との将来がどうなるのか、さっぱりわからないからだった。

「セイディ、百万ドルの価値があるみたいにゴージャスよ!」数時間後、レーナの娘ベアトリスが背後に立って言った。

レーナとソルを迎えに来たベアトリスは、一瞬にしてセイディのスタイリストに変貌した。ベアトリスはセイディと同年代の人懐っこく優しい女性で、彼女の熱意に流されるしかなかった。

「とってもきれい」そして、もっと小さな声でソルが言った。

セイディは無理やり笑顔を作った。彼女には、ベアトリスやソルのように好意的な感想は抱けなかった。鏡に映っているのは、あまりにも露出度が高く、金色すぎるドレスを着た見知らぬ女性だ。まるで誰かがバケツ一杯の金色の染料を彼女の頭にぶちまけ、それが彼女の体を流れ落ちていき、重要な部分だけを隠しているかに見えた。

「ねえ、首にかけている指輪はどうするの? 指にはめたほうがいいと思うけど」

セイディは婚約指輪のことをすっかり忘れていた。それに触れた瞬間、全身の毛が逆立った。クインが黒いタキシードを着て、ドレッシングルームの入り口に立っていることに気づいたからだ。彼はいつからそこにいたのだろう。

彼女はベアトリスとレーナがソルを連れていなくなったのにほとんど気づかなかった。クインは、彼女の首にかけられた指輪を見ていた。

「まだ持っていたのか?」

「もちろんよ」

「なぜ首からかけているんだ？」

セイディは息をのんだ。「わたしがまだこれをはめているのを見たら、あなたがどう感じるかわからなかったから」

ふたりの目が合った。「ただの指輪じゃないか」

セイディは首を横に振った。たいしたものじゃないという挑発的なニュアンスに、彼女の全身が抵抗した。

かつてクインはひざまずき、指輪を差し出して言ってくれた。〝きみの瞳の色を思い出させたんだ。でも、気に入らないなら別のものを選んでもいいよ〟あのときの思い出が彼女を襲った。

「いいえ、これはただの指輪じゃないの」涙で視界がぼやけはじめた。「毎日、身につけているのよ」

首からチェーンを外すと、指輪が彼女の手のなかに落ちた。彼女はそれを、何年も前にクインがはめてくれた指に戻した。ふたりを結びつけた指輪の重要性を、彼に軽視させるつもりはなかった。

クインはしばらく何も話さなかったが、やがて静かに言った。「準備はできたか？　運転手が待っている」

セイディは顎を上げた。「ええ、準備できたわ」

心の準備はまったくできていなかったが、指輪が指に戻ったいま、少し力がわいてきた。

視界の端できらめく指輪は、クインの注意を引きつづけ、まるで彼を嘲笑《あざわら》っているかのようだった。再会してからセイディが指輪をはめていなかったのを見て、彼は自分が感じた失望に驚いていた。それを裏切りだと思っていたのだ。しかし、彼女がそれを毎日身につけていたと知り、わずかに心が浮き立った。

あの指輪は、サンセバスチャンの宝石店で見つけたものだ。青と緑の石――エメラルドとサファイアの指輪を見て、彼はすぐにセイディの瞳を思い浮かべた。宝石が本物であるにもかかわらず、過去の交際相手に贈ったような有名ブランドでもなければ、洗練されたものでもなかった。

彼はまた、指輪を見た瞬間、自分がセイディと結婚したいという気持ちを一度も口に出してこなかったことにも気がついた。セイディとの将来を思い描いていたのは明らかだったが、それは生まれてくる赤ん坊のためだけではなかった。誰かと家族を作るのは無理だと思っていたが、彼女とならそれが可能かもしれないという予感がした。毎日、人々が送っているのを見てはいるが、自分自身は経験したことのないような人生を。

クインはセイディが妊娠するよりも前に、彼女に愛していると伝えていた。その言葉は、まるでそれがこの世でいちばん簡単に言える言葉であるかのように彼の口からこぼれ出た。セイディと出会って、彼のなかの何かが解き放たれたようだった。それまでは、愛されたいという欲求、そして愛したいという欲求を、彼は押し殺してきた。まず母親に捨てられ、次に父親に背を向けられたのが原因だったのかもしれない。

けれど、どんな過去があっても、セイディに気持ちを伝えるのは簡単で、必要なことだった。

「わたしも愛しているわ」彼女は彼を見て微笑み、まるでそれが世界でもっとも明白なことであるかのように、まるで自分が彼にどんな贈り物を与えたかをまったく知らないように言ってくれた。セイディは彼を、無条件に受け入れてくれたのだ。

だからクインは、指輪とともにプロポーズした。もし気に入らなければ他の指輪に変えてもいいと言ったが、彼女は完璧だと答えた。

そして彼女は、心配そうに彼を見た。「この指輪を買う余裕はあったの？」

良心が痛むのは初めてではなかった。自分の家族について彼女に話したことがなかったからだ。いつか話さなければならないとわかっていたが、恥ずかしながら、彼女に違った目で見られるリスクをおかしたくなかった。クインは彼女とともにいる自分が好きだった。匿名で、しがらみもなく、家族の厄介事もない自分が。だから彼は、ただこう返した。

「費用は気にしないで。貯金を使ったんだ」

セイディがプロポーズを受け入れたあの瞬間は、彼の人生でもっとも幸せな瞬間のひとつだった。幸せ――彼女と一緒に経験するまで、彼は幸せという感情を本当に理解したことはなかった。

クインは、何かひどいことが起こるのを待っていた。なぜなら、彼は感情を持つことが許されず、無視されたり、見捨てられたりする世界で育ったからだ。しかし、セイディといても何もひどいことは起こらず、彼はその危険を忘れていた。彼女が姿を消すまでは。そして、その瞬間、愛の告白や永遠に一緒にいようという約束は、彼の腹のなかで凍りついた。

けれど、凍りついたものは、いまにも溶けそうになっている。なぜなら、セイディが毎日その指輪を身につけていたと知ったうえに、ふたたび指に戻したからだ。

いま、車の後部座席で、ふたりの距離はわずか三十センチしか離れておらず、ゴージャスなドレスは、指輪の存在感を凌駕《りょうが》することはできなかった。

セイディが彼のほうを向いた。ほとんど化粧をしていなかったが、彼女は輝いている。ドレスはあらゆる曲線にぴったりと張りつき、胸の谷間は深く切りこまれ、背中は無防備なまでにあらわになっている。クインはセイディのこんな姿を見たことがなかった。一緒にいたときは、とても質素な生活を送っていたからだ。社交の場に行くこともなかったし、もちろんパパラッチが待ち構えているような場所にも行かなかった。だけどいま、さまざまな有名人やVIPを狙うカメラの前に出なければいけないのだ。彼女の口元には緊張が表れていた。指先でその口元に触れたくて、うずうずする。

「クイン、わたしは人生で、華やかな場所に出たことはないの。ううん、一度だけ、あなたに会うためにニューヨークのパーティーに行ったわね。でも、そういった場で、どんなふうに振る舞えばいいかわからないわ」彼女の声からも緊張が感じられた。

抑えきれないほど、彼のなかに庇護欲《ひごよく》がわき上がった。「ぼくの言うとおりにすれば大丈夫だ」

車が止まるとクインは先に降り、セイディの側に回ってドアを開け、手を差し出した。「きっとうまくいく。ぼくを信じて」

クインを見上げたセイディの顔は無表情で、まるで自分の心のどこかに引きこもっているかのようだった。ふたりの手が触れ合ったとき、彼女が四年間ずっとこうしなければならなかったのを悟った。仮面をかぶり、偽りの身元の後ろに隠れるということを。

ふたりはサンフランシスコでもっとも古く、もっとも象徴的な建物へと続く階段に向かって歩いた。そこで、特別なチャリティイベントが開催されているのだ。

クインが誰だかわかるやいなや、パパラッチたちは熱狂した。

「やあ、クイン！　こっちに目線を向けてくれ」

「デートのお相手は誰だい、クイン？」

あまりにもセイディが彼の手を強く握っているため、手の甲に爪が食いこむほどだった。けれど、クインはただ微笑み、写真を撮らせるために立ち止まった。彼が下を向くと、セイディの呆然《ぼうぜん》とした表情が見えた。

彼はつないでいた手を離し、彼女の腰に腕を回した。「リラックスするんだ。彼らはきみに触れることはできない」

セイディは弱々しく微笑んだ。「この状況は文字どおり、わたしの最悪の悪夢ね。隠れる場所なんてどこにもないのだから」

「もうきみは隠れる必要はないんだ」

クインは、セイディが彼の子どもの母親であること、そしてふたりが再会したことを記した声明文を、今夜のふたりの登場に合わせてマスコミに投下するようにしていた。そう思うだけで、あまり理由は考えたくないが、全身が満足感に包まれた。

サンフランシスコでもっとも金色に輝く建物のひとつである退廃的な環境のなかを、畏敬の念を抱きながら見回した。ドレスが目立つことを心配する必要はなかった。壁や天井の壁画が金色に輝いているため、彼女はすっかり背景に溶けこんでいたからだ。

クインは彼女の腰に腕を回したり、手を握ったりして、そばから離さなかった。セイディはその接触を喜び、それが見せかけだけだと知りながら、貪欲に、そして罪悪感を抱きながらも堪能した。そうしているうちに、ソルの母親であることを明らかにする声明が発表されたと、彼からそっと聞かされた。

クインと話したい人々がひっきりなしにやってきて、セイディは彼が成し遂げたすべてのことに誇りを感じずにはいられなかった。たとえ、クインは想像していたような貧しい家庭の出身ではなくても、巨額の相続権を放棄するほど勇気ある人物なのだ。

しばらくして、クインはウエイターのトレイからワイングラスをふたつ取り、彼女を広々とした屋外テラスに案内した。セイディはグラスのひとつを受け取り、夕暮れの空気を吸いこんだ。街のスカイラインが遠くにきらめき、とても幻想的だった。

セイディは街並みからクインに目を移し、テラスの壁にもたれた。彼の厳しい表情を見て、良心がうずく。四年前と比べると、彼からは屈託のなさが消えてしまったように見える。それは、自分のせいなのだろうか。彼女はつねにつきまとう罪悪感を脇に押しやり、こう訊ねた。「あなたが生まれた世界について、わたしに話してくれるつもりだった？」

自分の過去や家族の話になるといつもそうであるように、明らかに気が進まない様子でクインはこちらを見た。「もちろんそのつもりでいた。ぼくたちには、子どもが生まれる予定だったんだから」

「どうして自分について隠すことが、そんなに重要だったの？」

「かつてぼくが暮らしていた世界では、誰もがぼくを知っていたんだ。だから、そんな世界とは無縁の、きみが見ているぼくの姿が好きだった。しがらみすべてから自由になるのは新鮮だったよ」

「あなたには、お兄さまがいるのよね？」

クインはうなずくと、セイディと同じようにテラスの壁に背を預けた。彼女は横を向いて彼と向き合った。他のパーティーの人々は背景に消え、この世界にはふたりしかいないように感じられた。

「プリモというんだ。ぼくと彼の母親はブラジル人で、プリモは疑うことなく父の血を引いている。彼の外見は父親に似ているが、ずっと善良で誠実な人物といえる」

「他にもきょうだいはいるの？」

「いいや、母はプリモのあと、三回も流産した。だからぼくの名前は、〝クイント《五番目》〟から取ったんだ」

セイディはふいに気がついた。「あなたが大きな病院での出産にこだわった理由がわかったわ」

クインは、少し居心地が悪そうにうなずいた。

「出産時に何かが起こるかもしれないという、潜在的な恐怖があったんだろう」

「それほど流産が続くなんて、お母さまにとっては大変なことだったでしょうね。彼女とは連絡を取っているの？」

「いや、幼いぼくを置いて母が去った日から、彼女には会っていない」

それを聞き、セイディは口に手を当てた。彼が言ったことが頭のなかに響き渡る。「知らなかったわ。お母さまがあなたを置いていなくなったなんて」セイディは言葉を止めた。それが意味することは、あまりにも重大だった。彼女は自責の念と後悔でいまにも崩れ落ちそうな心地になった。

彼女は潤んだ目でクインを見つめた。「わたしは本当に、あなたにひどいことをしたのね……」

「状況は変わったのか？　もしきみが、母の裏切りと同じことをしていると知っていたら」

セイディは首を横に振った。「同じだったなんて言わないで。もし知っていたら、立ち去るのはもっとつらかっただろうけど……」

「いまさらそんなことを言うな！」クインは厳しい声で言った。「きみと母がしたことの理由は違うと認めるが、ぼくには違うようには感じられなかった。ぼくには、ぼくが味わった裏切りとまったく同じ経験を息子もしたのだということしか考えられなかった。そして、どういうわけか、ぼくがその裏切りを引き起こし、歴史をくり返させてしまったと思ったんだ」

感情を抑えるのに必死で、セイディの喉は痛んだ。

「もちろんそんなことないわ、クイン。あなたのせいなんかじゃない。お願い、信じて。わたしはあなたとソルを裏切るつもりはなかったの。あなたたちを守るための行為だったのよ」

なぜなら、あなたを愛しているから。

でも、彼はそんな言葉を聞きたくないだろう。いまはまだ。いいえ、たぶんこれから先も。

ふたりの間には緊張が漂っていた。やがて、クインの肩から力が抜けた。

「ぼくの母は二度と戻ってこなかったが、きみは戻ってきた。その点は違うな」

「安全だとわかった瞬間に、わたしは戻ってきたの。そして、もう二度と離れないわ。まだ信じてもらえないかもしれないけど、いつか信じてくれることを願ってる」

10

クインはセイディを見た。彼女の目は信じてほしいという懇願の色を浮かべていた。しかし彼は、彼女の話が真実だと受け入れてはいたが、それでも、いつか彼女がふたたび去らないと、完全に信じることはできなかった。それは、たとえ失踪の動機がまったく違っていたとしても、セイディと母親が同じことをしたのは事実だからだ。

セイディと再会し、失踪の事情を知るまでは、彼女がいなくなったのは自分に対する罰なのではないかとクインは密《ひそ》かに思っていた。愛されるに値する人間だと信じていたことに対する罰、普通の生活を送る価値がある人間だと信じていたことに対する罰、そして、見捨てられない価値がある人間だと信じていたことに対する罰――なのだと。

「会場内に戻ろう。スピーチをしなくてはいけない」クインは自分の考えを振り払うように言った。彼の本能がセイディを遠ざけろと警告しているにもかかわらず、気がつくと彼女に手を伸ばし、自分の傍らに引き寄せた。それは、体裁を整えるためのポーズとはいえないと、自分でも気づいていた。

クインは、誰もが技術教育を受けられるようにする必要性について、熱く雄弁にスピーチをした。セイディは、恵まれない人々に手を差し伸べようとする彼の活動に誇りを感じずにはいられなかった。

食事を終え、慈善団体の代表者たちのスピーチを聞いたあとはチャリティオークションが行われ、その後、人々はダンスホールへと移動した。バンドがソフトなジャズを演奏するなか、みなが踊りはじめた。ろうそくの明かりが揺らめくホール内は金色の輝きを放ち、誰もがさらに美しく見えた。女性のドレスや宝石がきらめいていて、いままでセイディはこれほど華やかな光景を目にしたことはなかった。

「踊ろう」

セイディが見るとクインが手を差し出していて、胸が張り裂けそうになった。「踊れないわ」

「ぼくのリードに従えば大丈夫だ」彼は彼女の手を取った。

セイディは抵抗しようとしたが、クインの力には抗《あらが》えなかった。気がつくとふたりはダンスフロアにいて、彼は片方の腕を背中にしっかりと回し、素肌に触れていた。彼女は目を閉じてこの瞬間に酔いしれたかったが、テラスでの彼との会話が頭のなかでぐるぐると回りつづけ、胸が痛くなった。

彼女は顔を上げた。「クイン」

「さっき話したことが気になるのか?」

セイディはうなずいた。

「もう過去のことは話したくない。ぼくが興味あるのは、いまこの瞬間だ」

ふたりの視線が重なった。セイディは目を逸《そ》らしたくても逸らせなかった。完全に無防備になり、自分が彼への欲望をさらけ出しているのを感じていたが、彼も同じようにさらけ出していた。

「きみが欲しい、セイディ」クインがささやいた。

「わたしもあなたが欲しいわ」それ以外の言葉など、いまのセイディに言えるわけがなかった。

クインは顔をセイディに近づけ、唇を重ねた。長くゆっくりとした酔わせるような口づけに、彼がようやく身を引いたときには頭がくらくらした。

「ここを抜け出そう」クインの表情からは、熱い意志しか感じられなかった。

足がきちんと動くかどうかわからなかったが、セイディはうなずいた。なんとか足を動かす彼女の手を強く握りしめ、クインは誰にも話しかけずに会場をあとにした。彼女にできるのは、彼の長い足のペースについていくことだけだった。

ホテルへの帰路はあっという間だった。クインはスイートルームに着くまで、ずっと彼女の手を離さなかった。誰もいない部屋に戻った途端、セイディの全身の細胞は、いますぐ彼に身を投げ出したいと切望した。

「これはいい考えだと思う？」彼女はなんとか口にした。愛し合ったあとで、またクインに冷たくされるのは耐えられないからだ。

彼は暗く、熱く、激しい表情で、彼女に近づいてきた。「この欲望が消えないと、ぼくは前に進むことができないんだ」

クインの声からかすかな絶望を感じて、セイディの心が少しひび割れた。彼は前に進みたいと言った。少なくとも、彼にとってのこの関係は有限でしかないのだろう。けれど、彼女は有限であることを望んでなどいない。

しかし、世界で彼女だけが大切な存在であるかのようにクインに見られているいま、抵抗する力がないこともわかっていた。それに、彼との触れ合いをひどく切望しているのも否定できない。彼女はこの四年間、肉体的にも精神的にも不毛な生活を送っていた。だからこそ、よりいっそう彼が必要に感じられる。

「前進できなかったらどうするの?」自己防衛本能とともに、彼女は訊《たず》ねた。

「これはただの欲望だ。問題ない」

いまの言葉から、ベッドをともにすること以外、クインは何も望んでいないとわかった。それでも、セイディは屈服するしかなかった。

「あなたが欲しいの、クイン。わたしを愛して」

クインは両手を伸ばし、彼女の頬に触れた。彼はまるで彼女の顔を覚えるかのように、長い間こちらを見つめていた。セイディの心臓は激しく鼓動し、その音が聞こえてしまうのではないかと思うほどだった。もし彼がこんな態度をとりつづけるのであれば、寝室に着く前に彼女はどきどきしすぎて死んでしまいそうだ。

「クイン」セイディは弱々しい声で言った。「お願い、キスして」

彼の唇が重なると、純粋な快楽がセイディの全身を震わせた。彼の首に腕を回すと大きな手が背に回され、ぐっと引き寄せられた。

ふたりの唇が離れたとき、どれくらいの時間が経《た》っていたのか、セイディにはわからなかった。彼女の全身は燃えるように熱くなり、潤んだ視界はかすみ、酸素を求めて大きく喘《あえ》いでいた。

クインは彼女を抱きかかえ、寝室に向かった。寝室のなかは、ランプの薄明かりに包まれていた。床に下ろされると、足の力が抜けていたセイディは必死に立っていなければならなかった。目の前で手際よく服を脱いだ彼は、力強い姿を彼女に見せつけ、セイディは貪欲にその姿を見つめた。

それから彼は、セイディの足元にひざまずき、ハイヒールを脱がそうとした。彼女が彼の肩に手を置いてバランスを取ると、次に彼の手はドレスの下に潜りこみ、じょじょに上へと移動して、ついに下着にたどり着いた。彼は下着を引き下げ、セイディを薄いレースから解放した。

その後、クインは立ち上がろうとせず、彼女のドレスの裾を太腿まで押し上げた。そうしてから、彼女の片方の足をつかんで持ち上げると、彼の肩にかけさせた。彼の視線にこめられた明確な意図に彼女が倒れそうになったとき、しっかりと支えられた。

クインは彼女の腰をつかんで引き寄せ、熱く切迫した欲望に口づけた。クインの舌が彼女のなかを探り、舐《な》め、極上の快感に高鳴る神経のかたまりを見つけたとき、セイディは息をのんで上体を倒した。彼は手を伸ばし、ドレスのストラップを引き下げた。そして、胸の先端を見つけ、指ではさんだ。

それだけで、セイディは高く舞い上がり、話すことも、呼吸することも、考えることもできなくなった。彼女はただクインに翻弄されることしかできなかった。

クインはセイディの香りと味に溺れていた。彼は長い夜、苛立《いらだ》ちと二度と味わいたくない痛みで目が覚めるたびに、この瞬間の夢を見た。

彼は立ち上がり、セイディを腕のなかに抱きしめた。感情がこみ上げてきたが、容赦なくそれを抑えこんだ。これに感情など不要だ。ただのセックスなのだから。

彼女をベッドに寝かせると、ドレスは黄金の泉のように彼女の体を囲んだ。髪は乱れ、長いキスで唇は腫れ、頬は赤らんでいる。片方の胸があらわになっているのを見ただけで、彼はそれに口づけたくてたまらなくなった。

彼女にあきる日がくるとは思えない。その考えは、彼が反論する前に頭に浮かんだ。けれど、あまりにも興奮していたので、それを気にしなかった。

クインはセイディに覆いかぶさり、ドレスを腰の上まで持ち上げた。そして、もう片方のストラップも引き下ろして胸を両方露出させると、手や口を使って彼女を準備させた。

彼女は息を切らしながら足を動かし、触れることのできる彼のあらゆる部分を探り、硬くなっている部分を見つけた直後、それを手で包みこんだ。

クインはふっくらとした先端をいつまでも貪りつづけたいという誘惑でいっぱいだったが、セイディとひとつになる前に、彼女の手で絶頂を迎えてしまいそうだった。

彼はしぶしぶ唇を離すと、彼女の手から自分を取り戻した。そうしてから、一回のスムーズな突きで、彼女のなかに滑りこんだ。彼はすぐに達してしまわないよう全力を尽くし、セイディの爪が飢えた猫のように彼の背中を引っかくまで彼女の快感を高めるのは、自分自身に与える絶妙な拷問でしかなかった。

しかし、ついに彼は迫りくる快感に屈し、ふたりはともに嵐に身を任せた。

セイディにはどれくらい長くふたりが絡み合っていたのかわからなかったが、その一瞬一瞬を味わった。クインの大きな体に伸しかかられたまま、ふたりの心臓がようやく規則正しいリズムに戻っても、セイディは彼と離れがたかった。

クインも彼女と同じように抱擁を解くのをいやがっているのか、長い時間を経てからようやく彼女のなかから滑り出た。セイディは少し顔をしかめたが、それは痛みからではなく、接触を解いたことによるものだった。

クインは彼女の横で仰向《あおむ》けになった。遠くから聞こえるサイレンの音と彼らの息づかいだけが静寂を破っていた。セイディはシーツを胸まで引き上げ、クインを見るために頭を回し、ふいに頭に浮かんだことを口にした。「あなたは本当の父親が誰かを知っているの？」

クインは長い間何も言わず、目を閉じていたので、セイディは彼が眠っているのだと思った。しかし、しばらくして彼が口を開いた。

「母に訊《き》いてみないとわからないが、連絡を取るつもりはない。噂《うわさ》によると、プールボーイか、母のパーソナルトレーナーらしいが」

セイディの胸は締めつけられた。クインは聞きたくないかもしれないが、言わずにはいられなかった。

「あなたのお母さまは何度も流産しているから、トラウマがあるのかもしれないわ」

クインは目を開けると、こちらに顔を向けた。

「母は、夫の目の前で他の男の腕に慰めを求めるほどのトラウマを抱えていたわけではない」クインは鼻で笑った。「父は聖人君子ではなかったし、ぼくや母を感情的には見捨てたけれど、少なくとも、立ち去ってはいない」

「わたしはただ、物事はそんなに白黒はっきりしないと言っているだけよ。お母さまがどこにいるか、知っているの？」

「少し前に、母は新しい夫とイタリアにいると、プリモから聞かされた」

「お兄さまとは親しくしているの？」

「こんな状況にしては、うまくやっているほうだと思う。ぼくに家業を継ぐ気はまったくなく、競争する必要がなかったのが助けになった」

「お兄さまは、お母さまと連絡を取っているの？」

「いや、どこかのイベントで会っただけらしい」

「お母さまがいなくなったときは、さぞかし混乱し、打ちのめされたことでしょうね」

「ああ、そのとおりだ」

セイディもまったく同じことをしてしまった。けれど、二度と戻ってこなかったわけではない。「あなたに起こった最悪のことを、ソルに対してしたなんて信じられない」胸が詰まるあまり、彼女の声は掠《かす》れた。

セイディはクインがベッドを出ていくのではないかと半ば予想していたが、彼はこちらを向いて彼女の唇に指を当てた。

「もう過去の話はやめてくれ。さっき言ったように、ぼくが興味があるのはいまこの瞬間だけだ」

クインは唇を重ねてくると、彼女を自分の体の上に引き上げた。セイディは、過去を振り払おうとするクインの願望に屈したが、その過去が現在と未来に有害な影を落としていると彼が気づかないかぎり、ふたりは前に進めないとわかっていた。


クインが会議に出ている間、彼らはサンフランシスコに数日滞在した。レーナは娘と多くの時間を過ごしているので、セイディはソルとふたりで過ごす時間が増えた。ふたりは動物園や公園に行き、クインの会議の最終日には映画を見に行った。

映画館から歩いて帰る途中、セイディは、黒いジーンズと実用的なジャケットを着た坊主頭の男に気がついた。彼女はその日の早い時間にも彼を目にしていて、前日に行った動物園でもつけられていたのではないかという恐ろしい疑念を抱いた。

セイディはソルの手を取り、自分がどれほどパニックになっているかを彼に見せないようにした。彼女は脇道に入り、本屋に駆けこんだ。

「新しいコミックを探してもいい?」手を離してソルが言った。

「ええ、いいわよ」セイディは震える手でスマートフォンを取り出しながら、ソルから目を離さずにいた。クインに電話をかけると、彼はすぐに出た。

「どうかしたのか?」

セイディは本棚の陰から店の外を覗《のぞ》いた。男がこちらを見ているとわかり、恐怖で全身が震えた。

「男に尾行されているの」警察は間違っていた。まだ誰かが彼女を狙っている。

「落ち着くんだ、セイディ!」

クインに言われたが、恐怖に圧倒されたセイディには無理だった。「わたしが言ったことが聞こえた? わたしたちは尾行されているの。男がいま、わたしを見ているのよ」

「これから画像を送るから、外にいる男と同じか見てくれ」

クインの穏やかな声が、セイディを本格的なパニックから引き戻した。スマートフォンを耳から離し、画面に表示された画像を見た。彼女をつけてきた男だ。

セイディは顔をしかめ、ふたたび通話に戻った。

「ええ、彼よ。でも、どうしてこの画像を?」

「その男は、ぼくが雇ったボディガードだ」

「あなたが雇った?」

「そうだ。だから、心配する必要はない。ぼくはもう行かなければならないが、あとで話そう」

そして彼は、通話を終了した。

セイディとソルは数時間後にホテルに戻り、彼女はソルの就寝前のルーティンの間、できるだけ落ち着いていようと努めた。ソルは明らかに幸せそうに疲れ果て、あっという間に眠りについたが、その光景を見ても彼女の心は動揺したままだった。クインが戻ってきたときには、彼女は興奮し、部屋のなかを歩き回っていた。

クインはリビングエリアに入ってきて、彼女を見て立ち止まった。「大丈夫か？　ソルはどこだ？」

セイディは歩き回るのをやめて、きつい口調で答えた。「彼はベッドで眠っているわ」

「じゃあ、いったいどうしたんだ？」

セイディは、傷つき、裏切られたという感覚を隠すかのように、腕組みをした。「あなたがわたしを信用していないことは知っていたけど、まさかわたしがソルを連れて姿を消さないよう見張るために、誰かを雇うとは思ってもいなかったわ」

彼は驚きの表情を浮かべた。「どうしてそんなことを考えたんだ？」

セイディは腕組みを解くと、両腕を大きく広げた。「だって彼は、わたしがこの四年間、悪夢にうなされた男のような姿をしていたのよ！」

クインは首を横に振った。「彼は、クロードが推薦してくれた、優秀なボディガードだ」

「わたしからソルを守るため？　わたしが彼を連れ去ろうとしたときのために？」

「違う！」クインがバッグから新聞を取り出し、セイディに差し出した。「きみとソルを守るためだ。クロードはきみがどんな脅威からも安全だと保証してくれたが、危険をおかしたくなかった。とくに、ぼくたちがマスコミに登場し、きみの顔が公になったいまとなっては」

足が震えだしたセイディは、すぐ後ろにあった椅子に腰を下ろした。『クイン・ホルトの子どもの母親、セイディ・ライアンとは誰？』毎日発行される新聞の一面に、そんなぞっとするような見出しとともに自分の顔が掲載されているのを見たとき、彼女はショックで気を失いそうになった。

「ごめんなさい。あの男がわたしたちのあとをつけていると気づいたとき、すごく怖かったの。それが推ら、彼がボディガードだとあなたに言われたとき、わたしは――」セイディは最悪の事態を想定していた。クインは、彼女から息子を守るために男を雇ったのだと。

「いや。謝るのはぼくのほうだ。事前に伝えておくべきだったのに、忘れてしまったんだ。他に気を取られることのほうが多かったから」

セイディの顔が熱くなった。ふたりはチャリティイベントのあとに愛し合って以来、別々に夜を過ごしたことはなかったからだ。

「ディナーはもうすんだのか？」

セイディは首を横に振った。「いいえ、でもソルにハンバーガーを作って食べさせたわ」彼女は昼間の出来事のせいで、食欲がなかったのだ。

「キッチンに行こう。ぼくが何か作るよ」

セイディが驚きの表情になった。「あなたが？」

クインが料理を作れないというのは、かつてふたりの間で交わされる冗談にもなっていたほどだった。

「ソルが生まれてから、初歩的な料理技術を身につけなければならなかったとだけ言っておくよ」クインが恥ずかしそうに答えた。

セイディは立ち上がり、クインに続いて小さなキッチンに入った。彼女は高いスツールに腰かけ、四年前にはゆで卵も作れなかった彼が、うらやましいほど手際よく調理するさまを興味深く見つめた。

「わたしはずっと、あなたには料理上手のお母さまがいると思いこんでいたの」

「母親ではなく、スタッフが料理してくれていた。だから、以前はキッチンに足を踏み入れたことはなかったんだ」

「そういえば、あなたとお父さまは、いまはどんな関係なの？」ふいに興味を覚えたセイディは、彼に訊ねた。

「できるだけ最小限な付き合いでしかない。そもそも彼は、決して子育てに介入するタイプの父親ではなかったし、ぼくとの間にはつねに緊張感があった。なぜなら、確認する前から、父はぼくが彼の子ではないとずっと疑っていたからだ」

コンロに向かっていたクインが振り返った。「そんなことより、食事にしよう」

彼はふわふわのオムレツとパンを皿に盛った。そして、白ワインのボトルを開けると、ふたりは座って友好的な雰囲気のなかで食事をした。

食事が終わって皿を片づけたあと、最初に口を開いたのはクインだった。「来週、ソルの学校は休みなんだ。レーナをサンパウロに送り届けたあと、数日間サンセバスチャンに連れていく予定だ」

「サンセバスチャン？」

セイディは、自分が声に出したことさえ気づかなかった。サンセバスチャンは彼女にとってもっとも大切な場所であり、同時に傷心の場所でもあった。なぜなら、そこでクインと出会い、彼とソルを置き去りにしたからだ。

「あなたはいまも、あそこに行くの？」

あんな出来事のあとでも、彼にとってあの場所は悪い意味を持たないのだろうか。もしくは――。彼女の胸に鋭い痛みが走った。おそらく、クインにとってあそこに戻るのは苦にならないのだ。セイディが消えたときに、彼は彼女を愛していなかったと気づいたに違いない。だから、彼にとって感情的な苦痛を伴わない場所なのだろう。

「きみも一緒に行くなら、歓迎するよ」

自分がとても幸せだった場所、そしてとても悲しかった場所に戻ることを考えるだけで、彼女はほろ苦い気持ちになった。ソルともっと時間を過ごす貴重なチャンスでなければ、きっと断っただろう。

「一緒に行けるなんて嬉《うれ》しいわ」セイディは不安を感じながら、無理に微笑《ほほえ》んだ。

11

クインが運転する四輪駆動車は、懐かしいサンセバスチャンの街中に入った。そこはセイディの記憶とまったく同じで、植民地時代の建物が山と海の間に点在していた。のどかさと同時に賑《にぎ》やかさもあり、しばらく隠れるには最適な場所と思い、かつてセイディはここでバスを降りたのだ。

興奮した様子のソルが、後部座席で飛び跳ねている。「着いたら、ジョアンの家に行ってもいい？」

クインはバックミラー越しに息子をちらりと見た。

「荷ほどきをして、家のなかをセイディに案内してからだ」

「わかったよ、パパ」

助手席に座るセイディは、微笑《ほほえ》みながらソルに振り返った。「ジョアンって誰？」

「ぼくの親友だよ。ビーチ沿いに住んでるんだ」

そのとき、見覚えのある道に車は入っていった。まさか、ソルが言うビーチとは、自分が知っている場所なのだろうか。記憶とは異なり、前にはフェンスがなかった場所に、いまは高いフェンスがある。

クインは青々とした草木の間にある目立たないゲートに向かって車を走らせた。ゲートを通って車道を進むと、簡素なビーチハウスが現れ、セイディは息をのんだ。増改築されていたが、それはかつて、クインとセイディが住んでいたビーチハウスだったからだ。ただし、そのときは借りていただけだったが。

ソルはすでに車から降りて、正面玄関に向かって走っていた。セイディも、既視感と軽いめまいを感じながら車から降りた。「ここはかつて、わたしたちが住んでいた家よ」

「ぼくが買って増改築したんだ」

「おいでよ、セイディ。家のなかを案内してあげるよ」ソルがセイディを呼んだ。

彼女はソルに手を引かれ、家のなかを案内された。見慣れた部屋や新しく作られた部屋を見ながら、たくさんの思い出がよみがえってきた。

階下には大きなリビングダイニングがあり、美しいキッチンからは緑豊かな裏庭を見渡せ、そこからはプールを見ることもできた。次にソルは、二階にある主寝室を案内してくれた。その部屋には天窓があり、バルコニーが増築されていて、ビーチのすばらしい景色が望めた。そこにとどまったのは短い時間だったので、セイディはほっとした。何しろその部屋には、たくさんの思い出があるからだ。

セイディは、あのビーチを歩いたこと、振り返ってこの家を見たこと、そしてポーチに立つクインを初めて見たときのことを思い出し、涙が浮かんだ。

「セイディの部屋はこっちだよ」

セイディが振り向くと、ソルがクインの部屋の向かいの客間を指さした。

ソルのあとを追って部屋に入ると、驚いたことに彼が駆け寄ってきて彼女の腰に腕を回した。彼女は抱きしめ返し、かがんで息子の頭にキスをした。

ソルは彼女を見上げた。「初めて会ったときから、あなたが特別な人だとわかってたんだ」

彼の優しい言葉に、セイディは胸がいっぱいになった。「あなたを見た瞬間、わたしにとってもあなたが特別な人だとわかっていたわ」

「ぼくが赤ちゃんのとき？」

彼女はうなずいた。「あなたが生まれたとき、あなたは泣かなかったの。あなたは開いていない目でわたしのほうを向き、まるで以前からこの世界にいるように感じさせてくれたわ。それをなんと言うか知っている?」

彼は興味をそそられたように首を振った。「ううん、知らない」

「輪廻《りんね》よ」

「なんだかクールだね!」そう答えたソルは、同じところにじっとしていられないように部屋を飛び出した。「ねえ、パパを誘ってビーチに行こうよ」

「ええ、そうね」セイディを待たずに、ソルは階下へと走っていった。

「生まれ変わったこの家をどう思う?」

突然、クインに問いかけられて、セイディは声がしたほうを振り向いた。彼はジーンズとTシャツに着替えていた。セクシーだしリラックスしているように見える。「すばらしい仕事をしたわね」

「こうするのが、きみの希望だっただろう?」

セイディはゆっくりとうなずいた。こうリフォームしたいと願っていたのを、思い出したからだ。もし自分がこのビーチハウスを所有したら、どう変えたいかをクインに話していた。天窓つきの部屋が欲しいと言ったのは彼女だった。また、座って夜明けを眺められるから、バルコニーも欲しいと願った。

リフォームしたのは、誰かのためだろうか。遅かれ早かれ彼は前に進み、自分以外の誰かと結ばれ、ソルのために弟や妹をもうけるだろう。そして、その方程式のなかで、自分はどこに当てはまるのかわからない。彼の新しい家族が形成されることで、自分がよりいっそう疎外されるという考えは、彼女の胸に鋭い痛みを感じさせた。

「クイン、どうしてこの家を買ったの? あんなことがあったんだから、もう二度とここには来たくないと思わなかったの?」

彼は長い間答えなかったが、しばらくして、まるで独り言のように話しだした。「あのあと、ソルと一緒に一カ月ここにいた。きみが戻ってくると期待してね。きみは産後うつか何かにでも罹《かか》ったと思ったんだ。だから、待っていれば――」

セイディは何も言わず、ただクインを見つめた。

彼は続けた。「でも、わかったんだ。もうきみを感じられない、遠くに行ってしまったのだと。仕事があったし、ぼくとソルを支えてくれる人が必要だったから、ここを去らなければならないとわかっていた。でも、ぼくはこの家を手放すことができなかった。理不尽だったけど、ぼくたちが家を出てからも家賃を払いつづけた。そして賃貸契約の更新日がきたとき、ぼくはこの家を買いたいと申し出た」

彼はようやくセイディを見た。彼の目に浮かぶ暗い痛みに、彼女は思わず身を引いた。それを見て、すぐにわかった。クインは心の底から彼女を愛してくれていたのだと。

「きみがぼくたちにしたことで、ぼくはきみを憎んでいた。しかし、きみがここに戻ってきたとき、見知らぬ他人にこの場所が乗っ取られているかもしれないと思うと耐えられなかった」クインは首を左右に振った。「結局、ぼくはここを別荘として使うことにして、増改築したんだ」

涙で視界がぼやけ、セイディはまばたきした。

「ごめんなさいと言いつづけることはできないわ、クイン。遅かれ早かれ、わたしたちは二度と前と同じ関係には戻れないと受け入れなければならないの。わたしがあのときああしたのは、あなたとソルに危険が及ぶのを恐れたから。そして、あなたの友人のクロードが、危険がいかに現実のものであったかを確認してくれたでしょう？」

この四年間、彼女が自分を守るために築いてきた壁が、ここに戻ってきたことの重大さで崩れはじめていた。隠れる場所は、もうどこにもなかった。

「でも、わたしがあなたを愛しつづけているのだけは知っておいて。そう、わたしはいまでもあなたを愛しているの。自分の人生を取り戻せると知って最初にしたのは、あなたたちを捜すことだったのよ」

もし、いまの自分の言葉を聞いてクインの表情が和らぎ、抱きしめてくれるのを期待していたとしたら、愚かでしかなかった。彼は石のように身動きしなかったからだ。

彼は首を横に振った。「すまない……ぼくに気持ちを返すことはできない。無理だ」

内臓がぎゅっと締めつけられるようだった。いまの彼の言葉にどう返せばいいのか、どうすればこの会話からみじめにならずに抜け出せるのかをセイディが考える前に、ソルが客間の入り口に現れた。

「ふたりとも、早く来てよ！」

セイディは息子を見た。彼はいま、彼女の世界の中心だ。彼女は無理に明るい声を出した。「わかったわ。二分だけ待って」

〝わたしはいまでもあなたを愛しているの〞
セイディがそう言ったとき、その言葉が伝わってくる前に、まるで自分の周囲に張り巡らせたガラスの壁にぶつかったかのようだった。彼女が自分とソルを傷つけるつもりはなかったとわかっていたにもかかわらず、クインはまだ自分のなかの冷たく激しい痛みを手放すことができずにいた。
彼にいま考えられるのは、四年前、帰宅したときにセイディがいなかったあの恐ろしい瞬間のことだけだった。数分、数時間と経《た》つうちに、不安は混乱へと変わり、しだいにパニックが高まっていった。そして、警察を呼ぼうと思った矢先、彼女のメモを見つけたのだ。
そのメモがいったい何を意味するのか理解できないまま、クインは彼女を捜しに街に出た。彼はソルを胸に抱いて何時間も歩いた。しかし、彼女の姿はどこにもなかった。それは彼に、母親が自分を置いて去ったと気づいたときの気持ちを思い出させた。

彼はセイディに、彼女が戻ってきた場合に備えて家を手に入れて増改築したと話したが、心の底では、何が起こったとしても、ここを手放すことができなかったとわかっていた。なぜなら、この家は、彼がいちばん幸せだった場所だからだ。そしてどういうわけか、その記憶が彼女に去られた痛みを覆い隠していた。しかしいま、その覆いが取り除かれ、彼の感情――弱さがむき出しにされた。

数分後、クインがバルコニーに立っていると、セイディがソルとともにビーチに出ていくのが見えた。彼女の姿を目にし、彼の心のなかで何かが壊れた。セイディは肌や髪の色が以前よりも明るくなっていたが、初めて会ったときの彼女とまったく同じように見えた。セイディはまだ彼を愛しているのかもしれないが、さっきの言葉は、彼女に捨てられた痛みを乗り越えるために自分の内側に築いた強固な壁を、傷つけることさえできなかった。セイディにふたたび心を開くなんてできっこない。そうすることを考えただけで、クインは指の関節が白くなるほど強くバルコニーの手すりを握りしめなければならなかった。

たとえセイディにソルの人生にかかわる権利があるとわかっていたとしても、クインの未来に彼女が存在するなんてありえない。その先には、確実に痛みが待ち受けているのだから。なぜなら、彼女がまたいなくなる日を、彼はつねに想像せずにはいられないからだ。そして、そう思うだけで、彼の胸はひどく締めつけられ、痛みを覚えた。

この場所に来たのは間違いだった。セイディと一緒だから、なおさらそう思える。ここはつらい記憶でいっぱいだった。彼女に出会うまで、彼は人生で愛を必要としたことがなかった。自分に愛という感情を植えつけたセイディを、彼は決して許さないだろう。そして、二度と他人に弱さを見せることもない。

絶望感が彼を満たした。きっと彼は、ふたりの接触を最小限にする方法を見つけることができるはずだ。彼女が自立でき、自分の居場所を見つけられる手助けをしよう。そうすれば、彼が感じているこの絶え間ない渇望は、きっと弱まるに違いない。

彼はビーチにいるふたりの姿を目にし、腹のなかに暗い気持ちがこみ上げてくるのを感じた。しかし、暗い気持ちは苦痛よりはましだった。

その夜、クインはうめき声で目を覚ました。彼が廊下に出るとまたうめき声が聞こえ、それがセイディの部屋からだと気がついた。クインは彼女の部屋に行き、ドアを押し開けた。

上掛けを押しのけた彼女は、落ち着きなく動き、肌は汗ばんでいて、頭をしきりに動かしていた。

「お願い、行かないで、戻ってきて」セイディが苦しげな声で言った。

既視感が彼を襲った。ふたりが一緒にいるとき、彼女はよく悪夢にうなされていたからだ。クインはそばに行き、彼女を優しく抱きしめた。しかし、それは彼女の状態を悪化させたようだった。

彼女は暴れ回り、支離滅裂につぶやきはじめた。

「お願い……わたしを止めようとしないで……だめ、だめよ！」

彼女の叫び声を聞き、クインは本能のままに彼女の口を自分の口で覆い、その叫びをのみこんだ。すると、彼女の体から力が抜けたのを感じた。

セイディが落ち着いたとわかってクインが抱擁を解くと、彼女は大きく見開いた目でこちらを見た。

「クイン？　本当にあなたなの？　わたしはまだ夢を見ているのかしら」

「きみは悪夢を見ていたんだね」

彼女はクインの向こう側を見ているように話しはじめた。「わたしはビーチにいて、あなたとソルはとても遠くにいた。わたしはあなたを必死に呼んだのに、聞こえていないのか、振り向いてくれなかったの。だから自分からふたりのもとに行こうとしたけれど、誰かに背後から引っ張られるような感じがして、あなたたちのところへ行けなかった」

クインは背筋が凍りつくのを感じた。セイディが去ってからしばらくの間、彼はほとんど同じ夢を見ていたからだ。異なるのは、呼んでいるのは自分のほうで、聞こえていなかったのは彼女だということだ。よろけるように彼が下がると、彼女の手が彼の腕にしがみついた。

「お願い、まだ行かないで」

クインはベッドに上がってセイディの背後に横たわり、腕を回して彼女を抱きしめた。すると、まるで欠けたジグソーパズルのピースのようにふたりの体はぴったりとフィットし、彼の体はすぐに反応した。クインはその衝動を抑えるために全力を尽くそうとしたが、誘惑に抗《あらが》うことはできなかった。彼女との未来を思い描けないと感じていたのに、こうして触れるとそんな気持ちを忘れてしまう。

やがて彼は、ようやくセイディがリラックスし、呼吸が落ち着いてきたのを感じた。彼女が眠っているのを確認したら、すぐにベッドを出ていこうと自分に言い聞かせた。しかし正直なところ、こうして彼女を抱きしめているのはとても気持ちがよかったので、彼は衝動に身を任せ、全身をリラックスさせると眠りに落ちていった。

翌朝、セイディが目覚めたとき、すでにクインの姿はなかった。けれど彼女の体は、昨夜の甘い余韻に浸っていた。何よりも、慰めてくれたことへの感謝の気持ちでいっぱいになった。悪夢を見るたびに、セイディは彼との触れ合いをとても切望していたからだ。

　彼女はベッドから出て、広々としたバスルームでシャワーを浴び、真新しいインディゴブルーのショートパンツとおそろいのノースリーブのシャツに着替えた。こうして、洗濯のしすぎでぼろぼろになっていない服を着るのは、やはり驚きだった。

　髪を後ろで適当に結んでセイディが階下に行くと、ソルが食卓に座っていた。

「パンケーキを食べているの？」

　ソルは頬張っていたものを、急いだ様子でのみこんだ。「パパが作ってくれたんだ。おいしいよ」

　クインはTシャツ姿でアイランドキッチンの向こう側にいて、セイディと直接目を合わせることを避けていた。

「パパ、ママにもパンケーキを作ってくれる？」ソルは父親に声をかけた。

　セイディの呼吸が一瞬止まり、クインの動きも止まったのがわかった。彼はこちらを見たが、どんな感情なのか表情から読み取ることはできなかった。初めて「ママ」と呼んでくれた息子は、自分が何をしたのかまったくわかっていない。

　ソルは、驚きの表情を浮かべるセイディの顔から、クインへと視線を移した。「どうかしたの？」

　クインが先に我に返った。「もちろん、セイディにもパンケーキを食べてもらおう」

　そのとき、ソルの前髪が目にかかり、彼はそれをうっとうしそうに払った。「伸びた髪が目に入っちゃうよ、パパ」

「あとで髪を切りに行こう」

「わたしが切ってあげるわ」彼女は思わず言った。

　ソルは目を見張った。「そんなことできるの？」

　セイディはうなずいた。「わたしは美容師なの」

「パパ、聞いた？　ママがぼくの髪を切ってくれるって。クール！」

クインは彼女を見た。「いいのか？」

「もちろんよ。朝食のあとだって大丈夫よ」

「パパ、切ってもらっていい？　そうすれば、今日のサッカーの試合のとき、髪が邪魔にならないよ」

朝食後、彼女はソルをバスルームに連れていき、肩にタオルをかけて椅子に座らせた。幸運なことに、彼女は美容師道具を持ち歩くことに慣れていた。なぜなら、それはいつでも簡単にお金を稼ぐための手段だったからだ。

セイディは、ソルがお気に入りのサッカー選手と同じような、ベビーモヒカンにカットした。

「ジョアンに見せるのが待ちきれないよ！」ソルは彼女の腰に腕を回し、お腹《なか》に頭を埋めた。

ソルは顔を上げた。「ママはクールだね！」

「変な感じがするなら、まだママと呼ばなくてもいいのよ」セイディは慎重に言った。

彼は首を横に振った。「ぼくはママのことを、ずっと待っていたんだ」

息子が無意識に放った痛烈な言葉にセイディの胸は張り裂けそうになったが、彼女が返事をする前にソルは着替えるために立ち去った。

セイディはソルの髪を切るときに使った椅子に座った。クインとソルの生活に戻ってきてからまだ数週間しか経っていないのだと、自分に言い聞かせなければならなかった。ジェットコースターに乗っているようなこの感覚は、きっと永遠に続くものではないだろう。

少し落ち着いた気分になった彼女が階下に行くと、クインが片づけをしているのを見つけた。ソルは友達のところに出かけたらしい。

クインはちらりと顔を上げた。「髪を切ってくれてありがとう。ソルは気に入ったみたいだ」

セイディは気後れした。「あの年ごろの子どもは短くするのが好きなの」彼女は空気の張りつめた雰囲気を感じ取り、思わずこう言った。「ねえ、昨晩のことだけど――」

クインは彼女をさえぎった。「こんなことになってはいけなかった」彼は皿を置いて彼女を見た。「きみに再会したショックと、いまだに相性がいいという事実が、ぼくたちの境界線を曖昧にしてしまったんだと思う。でも、きみにもぼくにもソルにも不公平だ。ソルが、ぼくたちが一緒になったと感じたら……きっと混乱するだろう。すべてはぼくの弱さのせいだ。きみのせいじゃない」

セイディは罪悪感を覚えた。「悪夢を見たのはわたしで、あなたに行かないでほしいと頼んだのもわたしよ」

クインの顎がこわばった。「いや、ぼくはもっと自分をコントロールできたはずだ。ここに来たのは間違いだったと思う。ここにとどまるのがいい考えかどうかはわからない。きみはもうソルの母親として認められているんだから、ぼくたちが一緒にいるふりをしつづける必要はまったくない」

セイディの全身が冷たくなった。「わたしがあなたを愛していると言ってしまったせいなら、そんな理由であなたたちの休暇を台無しにしないで。わたしはひとりでサンパウロに帰れるわ」

「それがいちばんいいかもしれない。ぼくたちの間に、新しい境界線を引く必要がある。サンパウロへの交通手段はぼくが手配しよう」

セイディは、どこまでも深い痛みのなかへと沈んでいくような心地になった。これで、束《つか》の間《ま》の夢のような時間は終わってしまったのだ。

「自分でバスに乗れるから、手配してもらう必要はないわ」気分が悪くなりながらセイディは答えた。

クインが目を細めた。「それがあの日、きみがしたことか？」

「ええ、そうよ」内臓をかき回されているみたいだと思いながら、セイディは訊《たず》ねた。「わたしたちが家族になれるチャンスはないの？」

クインの顔に怒りと痛みの中間のような表情が浮かんだ。「セイディ、ぼくはきみのことで悲嘆に暮れたんだ」彼は乱暴に言った。「それまで、誰かに対して悲しんだことは一度もない。自分の母親に対してでさえもそうだったのに、きみに対しては違った。ぼくはもう、二度とそんな傷や喪失感を味わいたくないんだ」

セイディの心は痛んだ。「クイン、愛しているわ。あなたを傷つけたいと思ったことはないの。あなたはわたしに、唯一の帰属意識と家を与えてくれた。そう、あなたはわたしの家なの。そして、わたしの世界よ。あなたはわたしが愛し、崇拝するすべて。もしあなたがチャンスを与えてくれるなら、わたしは二度とあなたとソルのもとを離れないわ」

こちらを見るクインの目に、セイディは痛みを見た。彼女が与えてしまった痛みは、克服できないものだと感じられた。そして彼が首を横に振ったことで、それを確信した。

「いや、それはできないよ、セイディ」

彼女は息ができなくなった。遠くからソルの興奮した声が聞こえ、もしいまの自分を息子に見られたら平静を保てないと思った。

「ソルには、サンパウロに早く戻らなきゃいけなくなったって言っておいてね」

クインはうなずいた。

これで終わりなのだと、セイディは思った。こんなふうに追い出されるのは苦痛だったが、彼に反論することはできないし、他に選択肢はなかった。

「さようなら、クイン」

「今後どうするかは、サンパウロで話し合おう」そう言った彼は無表情だった。

12

クインの非常に脆《もろ》い満足感は、サッカーの試合のハーフタイムまで続いた。もっとも、その時点まで集中できていたわけではないが。彼が心のなかで思い浮かべることができたのは、セイディの青ざめた表情と、彼に理解を求めるまなざしだけだった。

そして、彼女が試合を見に来ていないと知ったとき、ソルの顔にはひどく失望した表情が浮かんでいた。

彼はいま、セイディがサンパウロ行きのバスに乗り、四年前の運命の日に行った旅をくり返す姿を思い浮かべた。すると突然、しがみついていた薄っぺらで脆いコントロールの仮面が、窓枠から落ちるガラスの破片のように崩れ落ちた。彼は深く傷つき、こんな痛みを感じたのは四年間で初めてだと気づいた。

この痛みを避けるために、セイディを追い払ったはずだ。しかし、それはうまくいかなかった。なぜなら、ふたたび彼女に会って以来、自分はおかしくなってしまい、痛みをコントロールすることができなくなったからだ。

まるで自分が壊れていくように、クインには感じられた。方向感覚を失い、この四年間しがみついてきたものはすべて消えて、つかむところのない深淵《しんえん》をただどこまでも落ちていっているようだ。

突然、彼は絶望的な気分のなか、自分が何をすべきかがわかった。

ハーフタイムになり、ソルがそばにやってきた。

「ぼくがもう少しでゴールを決めそうになったのを見た？　ママがここにいてくれたら、決められたかもしれないのに」

クインはソルの前で片膝をつき、目線を合わせた。

「ちょっと用事があるから、試合が終わったらジョアンの家に泊まれるよう、手配しておく。いいかい？」

彼は年齢以上に賢く見えるが、母親を取り戻したばかりの少年のようにも見えた。「それがママに関することなら、もちろんいいよ」

クインは息子にキスをすると、バス停に直行した。だけど、サンパウロ行きのバスはすでに出発したあとだった。彼は気分が悪くなった。セイディに、自分たちのもとを去ったときに経験した恐ろしい旅をくり返させてしまったのだ。それはすべて、自分の母親の罪をセイディになすりつけたからだ。すべては、自分の臆病さのせいだ。

もう過去は振り払おう。前に進むときだ。しかし、彼がいま思いつくのは、家に戻ることだけだった。ソルが友達と一緒にいる間に、考える時間はあるだろう。

家に戻ると、彼は玄関で立ち止まった。これから誰もいない家に足を踏み入れると思うだけで、胸の痛みが強くなった。今回は、セイディが出ていったのを責めることはできなかった。なぜなら、このつらい再演を仕組んだのは自分だったからだ。彼が感じている痛みは、すべて自業自得なのだ。

彼はドアを開け、家のなかに入った。そのとき、ポーチに通じるドアが開いていて、暖かい海風がカーテンを動かしていることに気づいた。誰かが外にいて、手すりのところに立っている。セイディだ。彼女がここにいる。幻覚を見ているのだろうか。過去に何度も見たときのように。もしくは、くり返し見た夢のように。

彼女は振り返って彼を見た。目が真っ赤になっている。「ごめんなさい、どうしてもバスに乗れなかった。あなたとソルから離れて、もう一度あの旅に出ることはできなかったの」

クインは一瞬目を閉じてからセイディに近づき、そっと触れた。本物だ。彼女を腕のなかに引き寄せる。「あんなことをして、本当にすまなかった。どうか許してくれ」

クインに抱きしめられたセイディは、これが残酷な幻影で彼が消えてしまうかもしれないと、息をする勇気もなかった。しかし、彼は現実の存在で、少し速い心臓の鼓動も感じられた。

愚かな望みを抱く前に、彼から離れるべきだとわかっていた。けれど、セイディが身を離すより先に、クインのほうからふたりの間に距離を作った。彼女は彼を見ることはできなかった。自分がまだここにいることを怒っているだろうと予想して、よりいっそう涙がこぼれた。

クインの指先がセイディの顎を上げ、彼を見なければならなくなった。彼の顔には、再会以来、見たことのない表情があった。率直さと悔恨の念。

「きみに言わなければならないことがある」

セイディはただうなずいた。クインは彼女をポーチに置かれたリクライニングチェアに案内し、そっと座らせた。彼女の足には力が入らなかったので、それを喜んで受け入れた。彼は手すりに背を預けると、こちらを見つめた。

「母が出ていったとき、ぼくは自分を責めた」クインは話しはじめた。

セイディは彼のもとへ行きたかったが、この瞬間の壊れやすさに気づいていた。「あなたがまだ幼かったときのことでしょう?」

「ああ、そうだ。だが、泣きながら彼女にしがみつき、行かないでと懇願したのを覚えている。その後、感情的になりすぎた自分のせいで母は戻ってこないと思い、それ以来、自分の感情に蓋をし、他人との間に境界線を引くようになった」クインは言葉を切ったあと、しばらくしてから続けた。「そしてきみと出会った。きみをひと目見ただけで、自分を守るために築き上げてきた壁が粉々に崩れていくのを感じた」

セイディは、急に恥ずかしくなった。「わたしは何者でもなかったのに……」

クインは首を振った。「いや、きみは魅力的で、惹《ひ》かれずにはいられなかった」

セイディの心のなかに希望が芽生えたが、それを開花させまいとした。「でも、わたしは記憶を失い、自分が誰なのかもわからなくなったのよ」

「自分が誰なのかを思い出せなかったからこそ、きみはより本当のきみだったんだ。きみはいままで出会ったどの女性とも違っていた。偽りも、駆け引きもなく、きみはすべてのことに喜びを見いだしていた。それに、きみの感情はすべて顔に表れていて、きみがぼくを愛していることは明らかだった」

「やめて！」セイディは顔を伏せた。

クインがやってきて、彼女の前にひざまずいた。そして、そのまま手を握られたセイディは、彼を見るしかなかった。

「ぼくはきみに恋をした。ぼくなんかの力では、きみの魅力に抵抗することはできなかったんだ」クインの視線は彼女の口元に注がれた。「ぼくの人生のなかで、誰よりもきみを愛した。きみがいなくなって初めて、きみがどれだけぼくを変えたかに気づいたんだ。だからこそ、裏切られたという気持ちがさらに強まった。心をむき出しにさせられたような気分だったよ」

セイディは緊張した。何も変わってなどいない。彼女は彼に握られた手を引いた。「わたしにはもう、謝りつづけることはできないわ、クイン」

「もう二度と謝ってほしくない。謝る必要なんてない。父親になったいま、きみがあんなことをするのに要した無私の勇気を理解できる。だから、ぼくは自分が恥ずかしい。きみと同じことができるかわからないから」

セイディは混乱した。「何を言いたいの?」

「謝らなければならないのは、ぼくのほうだ」

「でも、あなたは何もしていないわ」

クインはため息をつくと立ち上がり、手すりのところに戻った。セイディも立ち上がり、彼の横に立った。彼は彼女を見ようとしなかった。

「きみにぼくの家を掃除させた」

「わたしから申し出たの。役に立っていると感じたかったのよ」

クインがセイディのほうを見た。彼の目に恥じらいがあるのに、彼女は気がついた。

「きみが掃除を申し出たのは、ぼくがきみを招かれざる客のように感じさせたからだ」

「あなたがわたしを見て、ショックを受けたせいよ」

クインはまた、ため息をついた。「どうしてきみは、ぼくの態度に我慢できたんだ?」

「だって、やっとあなたたちのもとに戻れたのよ。それに、率直に言って、家の掃除なんて、わたしが四年間耐えてきたことに比べたらなんでもなかったわ。自分が感じていたひどい罪悪感を晴らすためなら、どんなことでもするつもりだったんだから」

クインはふたたび彼女の手を取ってリクライニングチェアに連れていくと、彼の膝の上に座らせ、両腕で抱きしめた。セイディは何か重大なことが起こっているとわかっていたが、それを言葉で表現するのは怖かった。彼女はふたりの間につねに存在する欲望のうごめきを感じたが、同時に、欲望を超越したかぎりなく深いものも感じた。

「きみを憎んでいると自分に言い聞かせていた間も、きみを愛しつづけていた。ぼくが経験した最悪の裏切りを再現した女性にこれほど夢中になってしまい、自分自身に腹が立ったよ」

セイディは口を開いたが、クインは彼女の唇に指を当てた。

「言わせてくれ」彼は静かに続けた。「きみを憎み、責めるほうが、どれだけきみを愛していたか、どれだけ傷ついていたかを認めるよりも簡単だった。だから、この四年間、ぼくは負の感情にしがみついていた。恥ずかしながら、それがぼくが生き延びる助けになったんだ」

「同じ立場なら、わたしもそうしていたと思うわ」

クインは首を横に振った。「そんなわけない。きみはぼくみたいに悲観的じゃない。ぼくは、自分がどれだけ悲観的だったかを忘れていたよ。そのせいで、すべてをきみのせいにしていた。ぼくはどんな些細《ささい》なことでもきみを責める理由にして、それにすがりついたんだ」

「それであなたが生き延びられたのなら、わたしは構わないわ。さっきも言ったけど、わたしだってそうしたはずだから」

クインは指先で彼女の顎をなぞると、口元を歪《ゆが》めた。「いいや、きみはそんなことはしないよ。なぜなら、きみはぼくよりもずっといい人だからね」

セイディの胸が高鳴ったが、もしクインの最終的な目的がまだ彼女を追い出すことであるなら、確認しないでいるのは怖すぎた。「あなたは何を言おうとしているの？　まだわたしにいなくなってほしいと思っているのかしら」

「きみを追い出して、すぐに気づいたんだ。ぼくの世界は崩壊してしまったと。だから、きみを連れ戻そうと一瞬で決意したよ。だが、バス停に行くと、すでにバスは出発していた」彼は首を横に振った。

「きみにそんなことをした自分を、ぼくは決して許さない」

「でも、わたしは行かなかった。ここにいるわ」

「それはきみが勇敢で、愛情深く、優しいからだ」

「バスに乗るのが怖かったの。乗ったら何かが起きて、もうあなたにもソルにも会えなくなるんじゃないかと思って」

クインは彼女を引き寄せ、両手で頬を包みこんだ。

「きみはすばらしい母親だ。自分の命を危険にさらし、ソルとぼくを守ってくれた。セイディ、もしきみに何かあったらと思うだけで、ぼくは――」

彼女は彼の胸に手を置いた。「心配するようなことは何も起こらなかった。危険は去ったの。わたしたちは、もう自由よ」

クインは彼女の片方の手を取り、握りしめた。そして、感情のこもった声で言った。「きみを愛しているんだ、セイディ。ぼくを許してくれないか?」

　　　　　　　　　　・

彼女がこれまで慎重に抑えてきた感情が、ダムのように決壊しそうになった。「あなたの何を許すの?」

「きみにつらくあたったことや、きみを追い出そうとしたことだ」

セイディの目に涙が浮かんだ。「許すわ、いとしい人」

クインは微笑《ほほえ》んだ。「もう一度言ってくれないか?」

セイディも微笑んだ。「どの部分を?」

「わかっているだろう?」

彼女はクインにキスしてから、そっと言った。「い、い、いとしい人」

「心の底からきみを愛している。残りの人生をかけて、どれだけきみを愛しているかを示したい」

クインは頭を伏せ、言葉を締めくくるようなキスをしてくれた。そのキスはとても優しく、セイディが四年間抱いてきた憧れのすべてが詰まったものだった。感情があふれ出てセイディの目を濡《ぬ》らした。

唇を離すと、クインは彼女の涙を拭った。「もう泣かないで、いいね？」

「努力するわ」

ふたりは長い間、和やかな沈黙のなかに座り、午後が夕暮れに変わっていくのを眺めていた。やがてクインは立ち上がり、手を差し出した。夕暮れが外の月明かりに消え、波が海岸に打ち寄せるなか、彼はセイディの手を握り、寝室まで案内した。

ふたりは愛し合い、話をし、うとうとしてはまた愛し合い、そしてついに眠りに落ちた。

クインが目を覚ますと、シーツを巻いただけの姿のセイディが、バルコニーで日の出を見ていた。彼は起き上がると、裸のまま彼女のそばに行き背後から抱きしめた。この四年間で初めて、彼はふたたび心が満たされるのと同時に、安らぎを感じた。

彼女は彼を見上げ、微笑んだ。「散歩しない？」

「きみとだったら、いつだってどこにでも行くよ」

かつてのふたりも、よくそうやり取りしていた。彼女はノートパソコンに向かっているクインを散歩に誘い、彼はいつもこう答えたのだ。〝きみとだったら、いつだってどこにでも行くよ〟と。

ふたりは服を着ると、手をつないで海岸沿いを歩いた。言葉を交わすことなく、ただその瞬間に身を任せ、四年間耐えてきた痛みと喪失感を癒やした。

ビーチの途中で、セイディが立ち止まった。「ここでわたしたちは結婚したのよ」

クインは彼女が指さした場所を見た。「よく覚えていたね」

「あれはわたしの人生で最高の日だったから。そして、あの瞬間を思い出すことが、この四年間、わたしを支えてくれた。誓いの言葉を交わすとき、ソルがわたしのお腹《なか》を蹴っていたのをいまでも覚えているわ」

クインは彼女に向き直り、腕のなかに引き寄せた。「ぼくも、ソルがきみのお腹を蹴ったのを覚えているし、ぼくたちが式のあとにどう祝ったかも覚えているよ」

セイディは顔を赤らめ、クインの胸に頭を埋めた。彼は式のあとにどう祝ったかを思い出して微笑んだ。

クインは指でセイディの顎を持ち上げ、視線を合わせた。たったそれだけでも彼は喜びでいっぱいになり、その感情の激しさに恐怖を感じるほどだった。この瞬間は、はたして現実なのだろうか。

まるで彼の心を読んだかのように、セイディがささやいた。「これはただの夢で、現実じゃなかったらどうすればいいの？」

クインは疑念や恐怖を押しのけた。「これは現実だ。ぼくたちはここにいる。この先どんなことが起きようとも、一緒に乗りこえていくと約束してくれ」

セイディは微笑んだ。「約束するわ」

「ぼくと結婚してくれないか？　今度は正式に」無意識のうちに、クインはそう言っていた。

「もちろんよ」すぐにセイディは答えた。

「じゃあ、ソルを迎えに行き、みんなで朝食を食べて、それから一緒に残りの人生を歩もう」

セイディの目が潤んだ。「それ以上にわたしが望むことはないわ」

そしてふたりは、息子を迎えに行った。ソルはセイディを見るなり歓喜の声をあげ、まっすぐ彼女の腕のなかに飛びこんだ。楽しそうにおしゃべりするソルをはさんで、三人は手をつないでビーチハウスへと戻っていった。そして、ふたりはソルの頭越しにお互いを見て微笑み合い、ふたたび人生を歩みはじめたのを感じた――永遠に、愛と平和のなかで。

エピローグ

三年九カ月後、サンセバスチャン

「この家族には女の人が多すぎるよ」ソルはぶつぶつ言いながら、ビーチに通じる開いた門の危険から年下の子どもたちを遠ざけ、注意してゲートを閉めた。彼は三歳になる双子の妹たち、ルナとステラをとてもかわいがっているが、決してそれを表に出さなかった。なぜなら、もうすぐ八歳になる彼は、妹たちを素直に甘やかすほどおとなになれないからだ。

ルナとステラは二卵性双生児で、セイディの色を受け継いだソルと違い、クインのようなダークブロンドと、いたずら心に満ちた茶色い瞳をしている。

「彼をこの苦しみから解放してあげるために、もうすぐ弟が生まれると伝えたほうがいいと思うか？」クインがセイディの耳元でささやいた。

彼はワンピース水着の下のセイディの大きなふくらみを軽く撫《な》でた。

「もう少しの間、女性に数で劣っていることを彼に味わわせても害はないわ」彼女はくすくす笑った。

ビーチハウスへの最初の旅行から間もなく、ふたりはサンパウロで正式に結婚し、ソルはリングベアラーの役目を誇らしげに果たしてくれた。結婚指輪は必要ないと伝えたにもかかわらず、セイディはエメラルドとサファイアがはめこまれた最初にもらった婚約指輪にマッチする結婚指輪を手に入れた。

彼女は、四年間の別離の苦痛をほとんど忘れ、いまでは悪夢もほとんど見なくなった。もし見ても、クインがいつも彼女を目覚めさせ、安全だし愛されていることを思い出させてくれた。

彼らは文字どおり、愛と幸福に満ちた生活を築き、自分たちが手にしたことのないものすべてを子どもたちに与えた。

ソルはふたりがポーチに座っているところまで階段を上り、大きなため息をついてから言った。「妹たちをビーチに散歩に連れていかなきゃ。そうしないと、ふたりは昼寝をしないし、ぼくの平穏な時間がなくなるよ」

「わかった。散歩に行こう」

ソルに答えたクインは立ち上がると、そっと下を向いた。おとなびた息子の言葉に、声を出して笑わないように苦労しているのだと、セイディは夫の表情からわかった。

セイディは、日に日に大きくなるお腹《なか》のせいで、ビーチに打ち上げられたクジラのような気分になりながら、クインの手を借りてゆっくりと立ち上がった。ふたりは日焼け止めを塗り直して帽子をかぶると、ビーチへと出発した。ビーチにいる他の家族となんら違いはなく、とくに目立つところはない。しかし、彼らは試練に耐え、生き抜いてきた特別な家族だ。そしてそれは、彼らの稀有《けう》な愛のおかげだった。

クインはセイディの腰に腕を回し、ふたりはソルと双子のあとをついていった。

「幸せかい」クインはセイディを見下ろしながら訊《たず》ねた。

彼女は顔を上げ、にっこりと笑った。「ええ、とても幸せよ」

数週間後、カイが生まれ、彼らの愛と幸せは倍増した。しかし、もっと重要なのは、ソルがもはや女性たちに数で劣る存在ではなくなったことだった。

ハーレクイン®

消えた家政婦は愛し子を想う
2025年3月20日発行

著　　者　アビー・グリーン
訳　　者　飯塚あい（いいづか　あい）

発 行 人　鈴木幸辰
発 行 所　株式会社ハーパーコリンズ・ジャパン
東京都千代田区大手町 1-5-1
電話 04-2951-2000（注文）
0570-008091（読者サｰビス係）

印刷・製本　大日本印刷株式会社
東京都新宿区市谷加賀町 1-1-1

ISBN978-4-596-72443-4 C0297

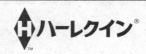

3月28日発売

ハーレクイン・シリーズ 4月5日刊

ハーレクイン・ロマンス

愛の激しさを知る

放蕩ボスへの秘書の献身愛 〈大富豪の花嫁にⅠ〉	ミリー・アダムズ／悠木美桜 訳	R-3957
城主とずぶ濡れのシンデレラ 〈独身富豪の独占愛Ⅱ〉	ケイトリン・クルーズ／岬　一花 訳	R-3958
一夜の子のために 《伝説の名作選》	マヤ・ブレイク／松本果蓮 訳	R-3959
愛することが怖くて 《伝説の名作選》	リン・グレアム／西江璃子 訳	R-3960

ハーレクイン・イマージュ

ピュアな思いに満たされる

スペイン大富豪の愛の子	ケイト・ハーディ／神鳥奈穂子 訳	I-2845
真実は言えない 《至福の名作選》	レベッカ・ウインターズ／すなみ　翔 訳	I-2846

ハーレクイン・マスターピース

世界に愛された作家たち
～永久不滅の銘作コレクション～

億万長者の駆け引き 《キャロル・モーティマー・コレクション》	キャロル・モーティマー／結城玲子 訳	MP-115

ハーレクイン・ヒストリカル・スペシャル

華やかなりし時代へ誘う

公爵の手つかずの新妻	サラ・マロリー／藤倉詩音 訳	PHS-348
尼僧院から来た花嫁	デボラ・シモンズ／上木さよ子 訳	PHS-349

ハーレクイン・プレゼンツ作家シリーズ別冊

魅惑のテーマが光る
極上セレクション

最後の船旅 《ハーレクイン・ロマンス・タイムマシン》	アン・ハンプソン／馬渕早苗 訳	PB-406

※予告なく発売日・刊行タイトルが変更になる場合がございます。ご了承ください。